por un

ÁNGEL

AMOR TENAZ

Escrita y adaptada para la televisión por
DEL SHORES

MARTHA WILLIAMSON,
PRODUCTORA EJECUTIVA

Novelización por ROBERT TINE

Basada en la serie televisiva creada por
JOHN MASIUS

EDITORIAL PORTAVOZ

Título del original: *Tough Love* (The Touched By An Angel
Book Series) por Martha Williamson (Productora ejecutiva),
Copyright © 1999 CBS Worldwide Inc. Todos los derechos
reservados y publicado por Thomas Nelson, Inc., Publishers,
Nashville, Tennessee 37214.

Edición en castellano: *Amor tenaz* (Serie "Tocado por un
ángel"), Copyright © 2000 CBS Worldwide Inc. Todos los
derechos reservados y publicado por Editorial Portavoz, Grand
Rapids, Michigan 49501.

Touched By An Angel ® is a registered Trademark of CBS
Broadcasting Inc. Used Under License.

EDITORIAL PORTAVOZ
P.O. Box 2607
Grand Rapids, Michigan 49501 USA

Visítenos en: www.portavoz.com

ISBN 0-8254-1908-5

1 2 3 4 5 edición / año 04 03 02 01 00

Impreso en los Estados Unidos de América
Printed in the United States of America

TOCADO por un ÁNGEL

AMOR TENAZ

MARTHA WILLIAMSON
Productora ejecutiva

EDITORIAL PORTAVOZ

Título del original: *Tough Love* (The Touched by an Angel
Book Series) por Martha Williamson (Productora ejecutiva),
© 1999 por CBS Broadcasting Inc. y publicado por Thomas
Nelson, Inc., Publishers, Nashville, Tennessee 37214.

Edición en castellano: *Amor tenaz* (Serie "Tocado por un
ángel"), © 2000 por CBS Broadcasting Inc. y publicado por
Editorial Portavoz, Grand Rapids, Michigan 49501. Todos
los derechos reservados.

EDITORIAL PORTAVOZ
P.O. Box 2607
Grand Rapids, Michigan 49501 USA

Visítenos en: www.portavoz.com

ISBN 0-8254-1908-5

1 2 3 4 5 edición / año 04 03 02 01 00

Impreso en USA
Printed in USA

Capítulo uno

Mónica y Tess se sentaron a la bien preparada mesa, en un claro del bosque, adornado por las ramas entrelazadas de los árboles y rodeada por el arrullo de un arroyo tranquilo. Hasta donde ellas sabían, se encontraban solas en el bosque, sentadas en la única mesa kilómetros a la redonda, y a ninguno de los ángeles le pareció pensar que fuera algo poco común. En realidad ellas no habían notado los alrededores, debido a que se habían enfrascado en una seria discusión. Había un gran mundo de conocimiento del cual un ángel como Mónica podría aprender de un ángel más experimentado como Tess. Mónica era nueva en esta clase de trabajo y ella nunca se cansaba de escuchar a su supervisora. Tess, con sus largos siglos de conocimientos, habilidades y entrenamiento tenía mucho para transmitirle a su colega. Pero esa mañana el tema de conversación fue, de todas las cosas posibles, sobre café.

–¡Ah! Este aroma es maravilloso Tess –dijo Mónica–,

realmente maravilloso –afirmó, mientras aspiraba el aroma que se elevaba de la taza de café. Sin embargo, parecía que algo le impedía disfrutar el café. Era un impedimento que Tess no se demoró en notar.

–Por favor –dijo ella suavemente–, ¿puedes dejar de oler el café?

Tess meneó su cabeza lentamente.

–Tarde o temprano tienes que tomarlo –dijo–, ya sabes. Es como la vida.

–¿Como la vida, Tess?

–Correcto –replicó Tess mientras asentía con la cabeza.

–Usted nunca sabe qué tan buena es hasta que vaya y la pruebe. Todos los cafés no saben lo mismo, así como dos vidas no son exactamente iguales. Esto es algo fácil de deducir.

Tess le entregó una taza pequeña a Mónica, quien aspiró el aroma que se elevaba de la taza.

–Observa, esto es expreso. Nada más que un poco de agua hirviendo y mucho café.

–Huele fuerte –dijo Mónica.

–Correcto, fuerte y amargo. A algunas personas les gusta así. Fuerte y amargo.

–Suena tentador –dijo Mónica. Ella le dio una miradita de reojo al café, pero no lo probó.

Tess sonrió suavemente.

–Es cierto, es tentador. Muy tentador, señorita Alas, pero la clase de vida "tipo expreso" tiene otro aspecto... ¿Sabe usted cuál es?

Mónica meneó su cabeza.

–Acidez estomacal –anunció Tess. Mónica sonrió.

–¿De veras?

–Créalo. Acidez estomacal es el precio que usted paga por todo ese rico sabor.

Mónica sonrió nuevamente.

–Usted hace el expreso tan peligroso –dijo ella–. Como si no se pudiera confiar en el café expreso.

–Bueno, mi café preferido no es el expreso, ni ninguno de esos sabores novedosos que han salido al mercado en estos días.

–¿No? –preguntó Mónica–. ¿Cuál es su preferido?

–Para mí no hay nada mejor que una buena taza de café del tipo regular –ella levantó su taza de café–. Nada de camuflaje. Cuando usted trata de esconder lo que hay dentro de sí, termina siendo desdichada.

Mientras que ella saboreaba el café, una paloma blanca voló del cielo y se posó en el borde de la mesa. Mónica y Tess miraron a la pequeña paloma.

–Bueno, ¿qué está usted haciendo aquí? –le preguntó Mónica. Pero los dos ángeles sabían la razón por la cual la paloma estaba allí.

En un instante el claro del bosque había desaparecido y Tess y Mónica, aún sentadas en la misma mesa, de pronto se encontraron en la terraza de un restaurante situado en el centro de una gran ciudad. Era la hora del almuerzo y el lugar estaba lleno de personas, pero nadie le prestó atención a las recién llegadas.

–Mónica –dijo Tess tranquilamente–, está a punto de

conocer a una mujer que no sabe cómo manejar algo tan sencillo como una taza de café común y corriente.

Mónica miró alrededor de la terraza. En una mesa dos hombres discutían con gran interés sobre sus juegos de golf. En otra un grupo de ancianas intercambiaban fotografías de sus nietos como si estuvieran jugando un nuevo juego de cartas. En la tercera mesa se encontraba una mujer joven y su hija de siete años riéndose de un chiste que acababan de comentarse. Mónica frunció el ceño.

–Lo siento –dijo ella un poco desconcertada–, yo no puedo decir a quién se refiere usted, Tess.

Tess le dio un vistazo a la madre y a la niña que estaban sentadas en la sombreada mesa de la esquina.

–Yo lo encontré –dijo la niña alegremente mientras señalaba un elefante en su libro de dibujos.

–¡No puedo creerlo! ¡Tú eres tan inteligente! –le dijo la mujer con una mirada de sorpresa disimulada–. ¡Lo encontraste!

Ella se acercó a la niña le dio un abrazo y le hizo cosquillas suavemente. La algarabía y risitas de la niña eran evidencia de que las dos estaban pasando un rato agradable.

Mónica no dudaba de Tess, pero las dos no parecían tener ninguna necesidad de ayuda angelical.

–¿Una de *ellas*? –preguntó Mónica con incredulidad.

Ella volvió a mirar a las dos.

–Pero ellas *parecen* muy felices, Tess.

–Parecen –dijo Tess–. Sí, ellas *parecen* felices. Mucha gente *parece* feliz. Creía que ya usted había aprendido que la verdad nunca es así tan sencilla.

Ella meneó la cabeza, luego volvió a mirar a la mesa.

–Créame, ellas no son personas felices.

Mientras Mónica la seguía con la mirada, una mujer atractiva y de mediana edad salió del interior del restaurante, hizo una pausa en la puerta y entró a la terraza. Ella era una mujer alta, vestida a la moda, de ojos oscuros y con un definido sentido de dominio. Pero Mónica observó algo más, los ojos de la mujer estaban como perdidos en la distancia y sus pies un poco inseguros.

"¡Lo logré!" –anunció ella con palabras balbucientes y su voz un poco fuerte. Los comensales levantaron las miradas de sus platos, y las conversaciones se detuvieron; todos se volvieron hacia la mujer en la puerta.

"¡Lo logré! –repitió ella, alzando su voz más alto esta vez–. ¡Mire quién está finalmente aquí! ¡Feliz cumpleaños, mi niña!"

La mujer abrió sus brazos totalmente. Al hacerlo sus brazos chocaron con el mesero que estaba detrás de ella con una torta de cumpleaños hermosamente decorada. El pastel se estrelló contra el pecho del mesero, aplastando la crema a la vez que muchos pedazos de torta volaron por todas partes. Ella se volvió al mesero y le dijo: "¿Por qué no se fija por donde va usted, señor?"

La madre de la pequeña hizo el ademán de levantarse de la mesa. "¡Mamá! por favor... usted me prometió..."

Solo la pequeña tomó todo naturalmente. Ella se

rió cuando vio a su abuela estrellar el pastel en el pecho del mesero.

En unos cuantos segundos, un restaurante en perfecta paz, estaba hecho ruinas. Al mismo instante, Mónica entendió su nueva tarea.

Tess se volvió y miró a Mónica: "¿Alguna pregunta?"

Capítulo dos

El jardín del frente de la casa de Isabel Jessup había estado mucho mejor en el pasado. Alguna vez había sido un prado verde, hermoso desde los blancos escalones de la puerta del frente, hasta el lecho de coloridas flores que enmarcaban la cerca. El prado ahora había crecido demasiado y estaba lleno de espesa maraña de maleza. Los girasoles en el lecho de flores se estaban muriendo, sus tallos secos y sus pétalos caídos por la falta de agua. La cerca una vez ornamental que limitaba el patio ahora estaba oxidada y torcida.

La misma señora Jessup, la dama que tan eficientemente había arruinado el almuerzo de cumpleaños de su nieta en el restaurante el día anterior, estaba caminando torpemente en el jardín abandonado. Su pie se había enredado en un pedazo de metal que enmarcaba el lecho de flores y ella estaba tratando, con poco éxito, de liberarse.

"¡Ah caramba! –murmuraba Isabel mientras se

sacudía junto a las flores–. Dije, que se quitaran del camino, ¡fuera!"

Mónica, quien caminaba lentamente a lo largo de la calle, vio esta muestra de comportamiento como algo poco digno. Ella sabía, con tristeza, que no hacía mucho que esta mujer había sido considerada en las primeras planas del periodismo norteamericano como una de las más distinguidas corresponsales extranjeras de su tiempo. Esto era de por sí un gran logro. No solamente el periodismo era considerado un trabajo para hombres, sino que las pocas mujeres que habían logrado entrar en el grupo cerrado de estos hombres, mujeres famosas como Nelly Bly, Martha Gellhorn y Janet Flanner, eran todas caucásicas. Isabel tenia dos cosas en su contra: no solamente era una mujer, sino que era una mujer *afroamericana.*

Isabel había fijado sus metas muy temprano en su vida, cuando descubrió el apasionamiento de leer un reportaje bien escrito. Con su personalidad extrovertida, un don natural para la escritura y una gran cantidad de ánimo de parte de uno de sus maestros, Isabel decidió que ella sería una periodista cuando era una joven estudiante. No solamente una escritora de noticias locales, sino una completa corresponsal internacional, lo cual se consideraba en esa época el pináculo de la profesión.

Isabel sabía que no sería fácil. Su primer trabajo después de la universidad fue el de secretaria para un periódico de un pueblito donde ella consideraba que tenía muy buena suerte si se le asignaba la tarea de escribir ocasionalmente el obituario o el informe del tiempo. Pero ella estaba decidida a permanecer en esta posición hasta que llegó a transformar su humilde trabajo en una posición de escritora de tiempo completo. Ella cubrió cada pulgada de su pueblo. No había una reunión de costura o de horneo, un robo pequeño, un accidente automovilístico o una graduación de escuela primaria que ella no hubiese cubierto. Aunque el trabajo estaba lejos de ser glamoroso, aunque el nivel de paciencia de Isabel no era muy profundo, ella permaneció en su trabajo e hizo su trabajo a conciencia y con muchísimo cuidado. Cuando no estaba investigando una historia sobre un incendio local o escribiendo el reportaje de policía, permanecía en el salón de noticias escuchando a los periodistas más ancianos narrar las historias que contaban, los consejos sobre la profesión que impartían o los nombres que mencionaban. La joven Isabel escuchó todo esto y lo absorbió como una esponja.

Cuando había terminado el día de trabajo, no era raro llevar la conversación a la vieja taberna al otro lado de la calle. Al comienzo, Isabel no se tomaba ni un trago, prefería el té helado o un refresco. Pero bajo la lisonja de los otros periodistas, que eran casi todos hombres, ella se tomó sus primeros tragos de alcohol para formar parte del grupo. El valor y la determinación, que ella ganó en su lucha diaria por obtener artículos dignos de mencionar en las noticias, frecuentemente se perdieron en el profundo deseo de ser aceptada por los otros reporteros.

Al pasar el tiempo, llegaron a gustarle los tragos que ellos le ofrecían.

Mónica conocía los detalles principales de esta historia cuando se encontró cara a cara con Isabel, pero no conocía realmente a la mujer que balbuceaba mientras aplastaba los girasoles alrededor de ella.

–¡Hola! –se anunció Mónica a sí misma–. ¡Buenos días!

Isabel levantó la cabeza y la miró de mal humor.

–¿¡Qué quiere usted!? –preguntó rudamente.

–¿Es usted Isabel Jessup? –preguntó Mónica–. Estoy buscando a la señora Jessup.

Isabel se enderezó totalmente y puso sus puños en las caderas.

–Soy yo Isabel Jessup. ¿Quién quiere saber?

Sin esperar una respuesta, se regresó a su tarea, ignorando a Mónica completamente. Ella estaba determinada a salir de ese enredo de viejos alambres y plantas muertas aunque fuese la última cosa que hiciera.

Sin embargo, Mónica observó a Isabel hacer el enredo aún peor.

–¿Puedo ayudarla? –preguntó en su acento regional–. Quizá yo pueda darle una mano, señora Jessup.

–Yo no necesito ninguna ayuda –dijo Isabel.

Mientras que hablaba, un pedazo de alambre se soltó, haciéndola dar vueltas, pero liberándola de su cautividad.

–¿Ve? –dijo ella–. No necesito ayuda.

–¿Está segura? –preguntó Mónica.

Isabel se enderezó nuevamente y se limpió las arrugas de su blusa de seda roja. Mirando a Mónica más de cerca, pudo observar que en esta mujer había mucho más que el interés casual de una persona que pasaba por allí. Ella dejó que pasara un momento antes de hablar.

—Exactamente. ¿Qué es lo que usted quiere? Y de paso, ¿quién es usted?

—Mi nombre es Mónica —respondió el ángel.

—Que bien —dijo Isabel.

Meditó si había conocido a esta joven mujer en algún lugar y se había olvidado de ella. Esto estaba ocurriendo más y más en estos días. Podría ser muy vergonzoso.

—Entiendo que usted está escribiendo sus memorias, y yo...

—¿Quién le dijo eso? —preguntó abruptamente.

—Su publicista —contestó Mónica rápidamente—, y me han pedido que le ayude a terminarlas.

—¿*Usted*? —preguntó Isabel—. ¿Va usted a escribir *mis* memorias? ¿Cómo piensa hacerlo? Usted no estuvo allí. No son sus memorias y, además, yo nunca uso escritores fantasmas. Yo he escrito toda mi vida. ¡No faltaba más! Ese odioso publicista que tengo por lo menos debería tener algo de fe en que yo puedo escribirlas.

—No, no —dijo Mónica—. Yo no las estaría escribiendo exactamente.

Mónica sabía que un poco de ayuda no dañaría la situación.

—Por supuesto, nadie puede hacerlo excepto usted, señora Jessup.

—Eso es correcto —dijo Isabel con vehemencia—. Mis memorias. *¡Mis memorias!*

–Absolutamente –asintió Mónica igualmente enfática–, ¡suyas y suyas solamente!

–Y no lo olvide –dijo Isabel–, pero eso no contesta la pregunta.

Ella miró a Mónica nuevamente.

–¿Cómo me va usted a ayudar?

–¡Ah! –dijo Mónica–. Eso es muy fácil. He sido enviada como un tipo de secretaria. Tomaré dictados, haré la transcripción... Cualquier cosa que usted necesite.

–Bueno, Mónica –la voz de Isabel fue de repente agradable y suave–, usted es tan joven y quizás no lo sepa, pero nunca he tenido una tarea, en toda mi carrera como periodista, que yo no haya cumplido. Una vez tuve que entregar una historia en Saigón escrita en la espalda de mi última camiseta limpia. ¿Entiende?

–Sí, pero...

Luego, repentinamente, la voz de Isabel se volvió fría.

–Usted puede regresar y decirle a ese patético publicista que Isabel Jessup nunca ha dejado de cumplir su obligación. ¿Me entiende?

La verdad era que, las memorias de Isabel le estaban dando una gran cantidad de problemas los cuales ella estaba extremadamente renuente a enfrentar. Tener problemas para escribir algo era un golpe definitivo para su considerable orgullo. Siempre había estado satisfecha son su habilidad de cumplir una tarea y alcanzar siempre sus metas. Aún ahora, ella sabía que entregando una colección de notas y unas citas ella podría producir una serie de historias noticiosas en unos pocos minutos. Aunque le hubieran dado una o dos horas, ella podía escribir una pieza de análisis político fluido y lúcido, que podía resumir claramente las noticias de la capital del país o la situación de las relaciones internacionales.

Era con su propia vida, con el examen de sus propios motivos y acciones, con lo que Isabel tenía problemas. Aún así, ella no podría admitir para sí misma que tenía problemas.

–¿Todavía está usted aquí? –le dijo a Mónica después de uno o dos minutos de silencio total.

Ella miró a Mónica por un segundo, con el ceño fruncido, esperando imprimir su mensaje en la memoria de Mónica. Luego, giró y caminó por el sendero de concreto vencido hacia la casa. En lo que a ella concernía la conversación estaba terminada. De veras, ella estaba un poco ofendida por el hecho de que su publicista, a quién le había escrito media docena de éxitos literarios en los años anteriores, y quién prácticamente le había *rogado* a ella que escribiera sus memorias, le hubiese enviado a esta jovencita para ayudarla con su trabajo. Su editor nunca le preguntó si ella necesitaba la ayuda, pero aquí estaba esta muchacha, lista para ayudarla y ser su secretaria. No era, decidió ella, un voto de confianza, y la confianza de Isabel estaba un poco vacilante por estos días, lo cual no había admitido a persona alguna, mucho menos a sí misma.

"¡¿Como se atreven?!" –murmuró para sí mientras caminaba por el sendero hacia la casa.

Pero Mónica, por supuesto, no podía dejar que la conversación terminara allí. Abrió la puerta de hierro de par en par y corrió tras ella.

–Señora Jessup, su manuscrito debió estar donde su publicista hace más de dos meses. Ellos están un poco preocupados por esto. Por esta razón es que me enviaron.

–Déjelos que se preocupen –replicó Isabel–. No me importa si están como agua para el chocolate.

Ella continuó caminando hacia la casa y ni siquiera se molestó en voltear su cabeza.

–Además, ya que estamos hablando del tema, déjeme decirle algo: ese era el plazo de ellos, ¿me entiende? En lo que a mí concierne yo estoy a tiempo.

–Ahora escúcheme –ordenó Isabel–. Antes de salir (como si la salida de Mónica fuera una conclusión anticipada), si ve un periódico por aquí en alguna parte, déjemelo saber.

Mónica miró sorprendida.

–¿Periódico?

–¡Mi periódico matutino! –casi gritó Isabel mientras miraba alrededor.

–Mi periódico está por aquí en algún lugar, ¿pero quién puede decir dónde?

–Yo no lo veo –dijo Mónica.

–Por supuesto que no –dijo Isabel mientras comenzaba a subir una escalera de aluminio que estaba recostada contra la casa.

–¿Se da cuenta? Son los muchachos. Los que reparten el periódico. Les tiene sin cuidado. No les preocupa dónde tiran el periódico –ondeó la mano hacia el techo–. Arriba, abajo, en el pórtico, por la ventana…

Ella estaba subiendo la escalera con sorprendente agilidad y gracia.

–La mayor parte del tiempo termina aquí arriba en el techo. No puedo decirle cuántas veces he tenido que arrastrar esta escalera y subir aquí solo para recoger mi periódico matutino.

A pesar de la facilidad con la cual Isabel subió la escalera, Mónica no estaba del todo segura que ella debería estar allí arriba.

–¿Puedo *ayudarla?* –preguntó Mónica de nuevo.

Isabel se volvió.

–¿Qué es esto? –preguntó ella–. ¿Su primera gran oportunidad o algo? ¿Es eso? Usted se pone a los pies de un periodista legendario y un día, tiempo después, se sienta y escribe su propio libro y se imagina que tiene el derecho de llamarse mi protegida. ¿Es de eso de lo que estamos hablando?

Mónica se rió.

–Siento desilusionarla, pero usted no es *tan* legendaria.

Por un momento pareció como si Isabel se fuera a ofender, luego ella sonrió ampliamente e hizo una imitación adecuada de la voz de Mónica: "¡*No tan legendaria! Dice ella*".

Mientras que se reía empezó a bajarse del techo de la casa y por un segundo o dos la escalera se tambaleó en el aire. Mónica agarró firmemente la base y la sostuvo, y de este modo evitó que la escalera e Isabel cayeran al piso.

Mónica sostuvo fuertemente la escalera, pero Isabel no estaba firmemente agarrada al techo.

–¿Todavía quiere que me vaya? –preguntó Mónica inocentemente–, ¿o debo quedarme por un momento?

Mónica sostuvo la escalera mientras Isabel se bajaba. La anciana parecía un poco menos presumida que antes. Su arrogancia había sido calmada por el hecho de que Mónica acababa de prevenir un horrible accidente. Ella era casi amable mientras guiaba a la hermosa pelirroja hacia la casa y, repentinamente se hizo más asequible a la idea de tener una ayudante.

El interior de la casa era de aspecto deslustrado como el exterior y cada centímetro de espacio estaba cubierto con montañas de libros y una pila de papeles. Colgando en las paredes habían decenas de empolvadas fotografías de Isabel con gente famosa, al igual que placas y premios.

–Muy bien –dijo Isabel–, esto será un tipo de experimento, usted entiende, porque realmente no necesito ayuda... pero si le produce un cheque de pago, creo que puede estarse por un poco de tiempo. Yo sé lo que es necesitar el dinero.

–Gracias –replicó Mónica.

–¿Quiere algo para beber? –preguntó Isabel. La cara de Mónica se iluminó.

–¡Ah! –dijo ella–, me encantaría una taza de café descafeinado, con leche descremada y un poquito de almendras en polvo al lado. Mientras que hablaba una mirada ensoñadora vino a sus ojos casi como si ella pudiera probar la bebida fortalecedora. (Tess obviamente le había enseñado muchas cosas sobre el café en un tiempo muy corto.) Isabel la miró como si estuviera loca.

–¿Qué piensa que yo tengo aquí –preguntó ella–, una sucursal de *Starbucks*?

Mónica no estaba muy segura de lo que era *Starbucks*, pero inmediatamente comprendió que había pedido demasiado.

–Una taza de café Joe sería perfecta señora Jessup.

–¿Una taza de café Joe? –respondió Isabel con sorpresa–. No había oído llamar al café con ese nombre desde que estaba en el salón de noticias del *Herald Tribune*, el de Nueva York –añadió ella–, no ese pequeño e insignificante periódico que venden en París.

Isabel era extremadamente particular acerca de sus *bona fides* periodísticas.

–Ahora –continuó ella–, si usted quiere una bebida, tengo una buena jarra de té helado. La hice yo misma –dijo calmadamente–. Es una receta familiar secreta.

Mónica pareció un poco sorprendida. El té helado parecía delicioso, pero estaba indecisa de aceptarlo.

–Bueno… no he llegado todavía al té, pero ¿qué tal algo de agua?

–¿Agua? –dijo Isabel mientras se dirigía hacia la cocina–. ¿Está usted segura de que no puedo interesarla en un vaso de té helado? Por lo general, me tomo un vaso de té a esta hora de la mañana.

–Agua sería perfecto, ¡gracias! –dijo Mónica ponderando el porqué Isabel hacía tanto énfasis en el té helado. Ella hizo una nota en su mente para preguntarle a Tess acerca del té la próxima vez que se encontraran.

–De modo que, ¿cuáles son sus habilidades? –preguntó Isabel desde la cocina–. ¿Es usted una de esas graduadas en literatura inglesa de alguna universidad del noroeste de los Estados Unidos famosas por su prestigio académico y social y que nunca se ha ensuciado las manos con taquigrafía o mecanografía al tacto? Este es el tipo de muchachas que a los publicistas les encanta contratar. Ellas quieren estar en el negocio de los libros, pero no quieren mucho dinero porque tienen suficiente de sus papás.

Mónica se rió.

–Esa persona que está describiendo no soy yo, señora Jessup. Sé taquigrafía y puedo escribir con la velocidad de un rayo. Usted se dará cuenta de que soy muy eficiente.

–¿De veras? Lo notaré. Muy bien, para comenzar, ¿puede tomar dictados? Eso sería una gran ayuda.

Isabel removió una jarra grande del refrigerador.

–¡Sí! –contestó Mónica–. Puedo tomar dictados perfectamente y además, soy muy rápida al hacerlo.

–¡Muy bien! Ya puedo notar que no es de las graduadas de esas universidades. Ellos no enseñan ese tipo de trabajos en Yale. Posiblemente enseñan la filosofía de la mecanografía, pero dudo que enseñen la materia en sí. Nunca fui a esas universidades. No lo necesité.

Ella puso algo de hielo en un vaso y lo llenó de agua.

–¿Qué tal acerca de sus habilidades investigativas? Posiblemente la envíe a la biblioteca y a los archivos de periódicos para investigar.

Mientras Isabel hablaba, Mónica se adentró a la

sala para estudiar una serie de fotografías en blanco y negro recostadas en una tabla montada sobre la chimenea: una mostraba a Isabel con el barro a la cintura en la selva, otra la mostraba en completo camuflaje acurrucada detrás de una pared en ruinas mientras que un escuadrón de soldados disparaban a un enemigo que no se veía.

Había fotos impresionantes de ella con varios líderes mundiales, con cada uno de los presidentes norteamericano desde Johnson, un abrazo con los primeros ministros británicos y una media docena de líderes africanos en trajes típicos nacionales. Luego Mónica notó una serie de fotografías que tenían todas el mismo tema básico. Allí estaba Isabel con sus compañeros periodistas: apretujados en mesas de restaurante, reunidos en bares, sentados alrededor de las mesas en los cafés... en todas ellas levantando un vaso hacia la cámara. Pero una fotografía no encajaba con el resto. En ella Isabel posaba con la mujer joven con la cual Mónica la había visto en el restaurante el día anterior, su hija Sara. La joven mujer usaba una toga de graduación y ambas mujeres tenían el mismo reflejo en sus caras: felicidad mezclada con profundo orgullo.

Isabel salió de la cocina con un vaso de agua en una mano, y un vaso de té helado de color carmelita claro en la otra.

–Yo soy una que da mucha importancia a los detalles, como usted sabe –dijo ella–. Es mi marca de fábrica.

–Lo sé –dijo Mónica.

En ese momento el teléfono sonó, pero tan pronto

como Mónica trato de alcanzar el auricular, Isabel corrió a través del cuarto para detenerla.

–¡No! ¡No! ¡No conteste! –insistió Isabel–. No toque ese teléfono. ¡Se lo prohibo!

–Pero... ¿Por qué no?

–Porque he recibido un montón de llamadas para molestarme últimamente –dijo Isabel–. Entre más contesta usted, más llamadas va a recibir. ¡Déjelos! Así se cansarán y lo dejarán de hacer.

Mónica sonrió.

–No se preocupe, yo puedo manejar la situación –dijo mientras tomaba el auricular–. Sí, habla Mónica.

Isabel se inclinó, tratando de descubrir quién estaba al otro lado de la línea.

–Acabo de ser contratada como la nueva asistente de la señora Jessup –continuó Mónica.

Este pedazo de información produjo un momento de silencio de parte de Mónica y quien quiera que estaba llamando le hizo una serie de preguntas.

–Sí –dijo finalmente–. Ocurrió algo como eso. En realidad fue la sugerencia de su publicista. Por lo tanto, ellos me enviaron para ayudarla. Nos llevamos muy bien, como uña y carne.

Isabel hizo un ademán de rechazo con sus ojos y tomó un gran sorbo de su té helado.

–¡Ah! Seguro –dijo Mónica–, ¿ puede esperarme un momento por favor?

Mónica cubrió el auricular con su mano y se volvió hacia Isabel.

–Es su hija –dijo Mónica–. Quiere saber a qué hora quiere usted que ellas vengan.

–¿Qué vengan? –dijo Isabel dándole una mirada de asombro a Mónica–. Venir, ¿para qué?

–Creo que usted las invitó a cenar esta noche –replicó Mónica.

La cara de Isabel mostró gran sorpresa.

–Ah sí... lo había olvidado. Ayer fue el cumpleaños de mi nieta y un mesero idiota dejo caer la torta –por lo menos esa era la forma en que Isabel lo recordaba–, y yo les sugerí que vinieran esta noche para que pudiéramos tratar de celebrar nuevamente, pero..., ah...

La invitación se le había escapado completamente de su mente. Ella no había comprado nada para comer, ni siquiera preparado un menú. La casa era un desorden; y en cuanto al pastel de cumpleaños de su nieta, ni siquiera había tenido tiempo para pensar en eso. No que ella hubiera sido una gran cocinera o una gran repostera en sus mejores tiempos. Además, se sentía terrible.

Ella tomó otro trago de su té helado.

–¿Sabe? Mónica, dígale que esta noche no está bien. De hecho aplacémoslo hasta...

Pero Mónica ignoró las instrucciones de su nueva empleadora.

–¿Qué tal a las ocho en punto? –dijo ella–. Muy bien. Nos vemos entonces. Adiós.

Ella colgó el teléfono y le sonrió a Isabel.

–¿Qué le parece? Será divertido, ¿no cree?

Isabel frunció el entrecejo y acabó con su bebida. No estaba feliz con este arreglo, pero era claro que ya no podía evitarlo.

-Creo que más bien debemos alistarnos y salir de compras -dijo Isabel-. Eso es lo que creo.

Había una gran plaza de mercado no lejos de la casa de Isabel en la cual las dos mujeres gastaron casi una hora comprando los ingredientes que necesitaban para la cena. Mientras iban de puesto en puesto mirando los productos que vendían, Isabel hablaba continuamente. Ella se quejaba acerca de las superficialidades profesionales reales e imaginarias de los periodistas, las rivalidades profesionales, las personalidades que eran famosas y las que no lo eran; pero se reservó la mayor parte de su veneno para su propia hija Sara.

-Asegúrese de comprar muchas frutas y verduras -dijo Mónica-, las verduras son saludables.

-Usted no conoce a Sara y ya está hablando como ella -dijo Isabel.

Mónica tomó un ramo de hermosas rosas blancas.

-Formarán un hermoso ramo en el centro -dijo mostrándole las flores a Isabel-. ¿No cree usted?

-Sí, lo que sea -dijo Isabel, casi sin mirar las flores-, esa es la clase de cosas que Sara diría. Como ya le dije: podrían ser hermanas.

-Parecía muy amable en el teléfono esta tarde -replicó Mónica-. De veras, ella lo parecía.

-Seguro, ella te parece muy amable -respondió Isabel agudamente-. Pero eso es solamente porque no la has conocido todavía.

Ella levantó una manzana roja y la examinó con la concentración de un joyero examinando un rubí.

–¡Vamos! –protestó Mónica–, no puede ser *tan* mala. Usted la hace parecer horrorosa.

Isabel devolvió la manzana al montón.

–La muchacha ha sido rebelde desde el día en que nació –dijo amargamente.

Ella se detuvo y enfrentó a Mónica cara a cara.

–Y debo añadir que nació en el momento más inconveniente posible.

–¿Cuándo fue eso? –preguntó Mónica.

–Exactamente cuando la guerra de los seis días estaba por comenzar... He aquí usted tiene una de las grandes historias del mundo a punto de comenzar. Israel enfrenta a todo el mundo árabe: Egipto, Jordania, Siria, todos ellos. Israel no solamente les gana, sino que los destruyó y los hizo añicos en menos de una semana. Y yo me lo perdí.

Isabel aún sentía el dolor de no haber sido parte de ese pedazo de historia.

–¿Qué pasó?

–Tuve que dar a luz, eso fue lo que pasó –replicó Isabel–, estaba en camino a Israel desde Nueva York. Empezaron los dolores del parto en Londres y mi jefe me envió de regreso a los Estados Unidos para tenerla. Le dije que yo tendría mi bebé en Israel, tomaría un día para recuperarme y que en esa forma podría cubrir el resto de la guerra. Por supuesto, no sabíamos que la guerra sería tan corta.

–Por supuesto que no –dijo Mónica–. Usted no tenía forma de saberlo.

-Todo el mundo pensó que iba a ser una pelea de forcejeo y que duraría meses, posiblemente años... -suspiró Isabel-. Por lo tanto, yo no protesté. Regresé al avión, volé a casa, tuve a Sara y no regresé a Israel hasta el día siete. La guerra se había terminado. ¿Lo cree usted?

El ceño de Mónica se suavizó.

-Un bebé es seguramente mucho más importante que cualquier tarea que una reportera pueda tener -dijo ella.

-Jovencita, esa es la clase de actitud que la caracteriza como una gran madre y una absolutamente mala periodista -anunció Isabel.

-Yo estoy segura de que *usted es* las dos cosas -dijo Mónica-. Y le apuesto a que Sara estará de acuerdo conmigo.

-Si estuviera en su lugar, me reservaría el juicio hasta conocerla -dijo Isabel-, ella no arriesga, no tiene entusiasmo... su foto está junto a la palabra "pusilánime" en el diccionario.

-Vamos, Isabel -dijo Mónica-, esa es una forma terrible para referirse a su propia hija.

-No -protestó Isabel en serio-. Sara y yo solamente tenemos una cosa en común.

-¿Ve? -dijo Mónica en tono triunfante-. Ustedes tienen algo en común.

Isabel asintió.

-Correcto. Y es la peor cosa en común. Tenemos un terrible gusto por los hombres.

-Ah -dijo Mónica.

Ella siempre se sintió que estaba en terreno movedizo cuando las relaciones entre hombre y mujer se mencionaban.

–¿Cómo es eso?

Isabel continuó.

–Nosotras no podemos escoger los hombres correctos. Su esposo murió; y yo, terminé con el mío.

Esto pareció molestarla por algún momento. Entonces, como quien hace los cambios en un auto, ella cambió a otro tema.

–Ah, ¿le he comentado de cuándo yo fui con el presidente Nixon a China por el año 1972?

Isabel parecía haber olvidado que Mónica había empezado a trabajar para ella apenas esa mañana y que no había oído ninguna de las historias que formarían las memorias periodísticas de Isabel. Mónica pensó que sería mal educado señalar eso.

–No, usted no me ha contado.

–Bueno, ¿sabe cómo comenzó todo? Con los jugadores de ping-pong yendo a China… eso me puso a pensar sobre el siguiente movimiento. Habíamos aislado a China tanto tiempo que para mí la idea de algo tan trivial como los jugadores de ping-pong como la única razón para una visita presidencial no me satisfizo. Me parecía que tenía que *haber* algo más importante. Por lo tanto, empecé a hacer llamadas…

Mónica podía notar que Isabel estaba emocionada, que la sonrisa en su cara le sugería que prefería vivir en el pasado glorioso, más que en el aburrido e inconveniente presente.

Capítulo tres

Cuando Mónica e Isabel regresaron a casa después de las compras de la tarde, Isabel sacó una jarra de té helado del refrigerador y anunció que trabajaría en su estudio por un rato.

–Muy bien –dijo Mónica–, por supuesto que puedo preparar la cena y la torta.

–¡No! –anunció Isabel–. La repostería es una de las cosas que puedo hacer sin ayuda. Usted tiene mucho que hacer Mónica. Deje el pastel a mi cargo.

Mónica asintió.

–Como lo desee... Usted es el jefe aquí, ya sabe.

–Y usted ¡no lo olvide! –dijo Isabel–. Hay un montón de editores que olvidaron eso, y terminaron retirándose temprano. ¿Entiende?

–¡Lo tendré en cuenta!

Mónica había aprendido mucho acerca de cocina y como cocinar de parte de Tess, y no fue una tarea difícil preparar una cena para tres adultos y una niña. Habría una cena sencilla pero sabrosa, de pollo a la brasa con verduras frescas como plato principal y, por supuesto, la torta de cumpleaños como postre. Mónica estaba tan absorta en las muchas tareas a mano, que no notó la tranquilidad en la casa. Si Isabel era buena trabajadora, era también una trabajadora muy silenciosa.

Una vez que la cena estuvo bien adelantada, Mónica se alistó para la siguiente tarea a mano: algún trabajo secretarial sobre las memorias famosas y tardías de Isabel Jessup. Ella se dirigió hacia el estudio. El cuarto estaba tan oscuro y atestado de libros y recuerdos, que aunque era un soleado mediodía, Mónica tuvo que prender la luz de las lámparas del techo y la lámpara del escritorio para iluminar el cuarto. Ella se sorprendió al encontrar el cuarto vacío. Si Isabel Jessup estaba trabajando en sus memorias no lo estaba haciendo en el estudio.

Apilados en ambos lados de una carpeta manchada había partes del manuscrito. Al lado izquierdo había páginas escritas en la letra pequeña, pero extremadamente clara, de Isabel. A la derecha había un montón de páginas mecanografiadas, cada una meticulosamente editada en lápiz rojo por Isabel. En medio había una máquina de escribir vieja y muy usada. Se notaba que Isabel era de la vieja escuela de periodistas. La clase de periodistas que piensan que una computadora sofisticada nunca reemplazaría a una vieja, confiable y pintada de negro máquina de escribir manual.

Mónica sonrió al imaginarse a Isabel usando la máquina vieja, adhiriéndose de forma desafiante a sus formas anticuadas. Ella miró nuevamente los dos grupos de papeles. Los dos casi alcanzaban un centímetro de alto. Isabel estaba muy atrasada en la fecha fijada por su publicista. A este paso *nunca* terminaría el libro.

Ella tomó algunas de las hojas mecanografiadas y leyó los dos primeros párrafos:

No había un periodista en el Medio Oriente, extranjero, judío o árabe, que no supiera que iba a haber una guerra en algún momento en ese verano. Israel y Siria habían tenido hostilidades a lo largo de sus fronteras desde el final del invierno y el comienzo de la primavera. Recuerdo que cuando estaba en Tel Aviv, oí que tanques israelíes habían cruzado la frontera hacia Siria y se habían involucrado en una batalla a gran escala. El editor de las noticias extranjeras me llamó desde Londres y me ordenó terminantemente que regresara y ¡que lo hiciera inmediatamente! Él quería que yo me perdiera el evento más importante en la historia del Medio Oriente desde la fundación de Israel!

De paso... ¿He dicho que en ese momento tenía nueve meses de embarazo?

Mónica se rió fuertemente. Ella podía imaginarse a Isabel esperando, como lo haría un comediante hábil, el momento más adecuado para dar el último pedazo de información a sus lectores. Ella continuó leyendo.

Para su sorpresa, el relato escrito por Isabel de los sucesos de la guerra de los seis días era ligeramente diferente a la historia que ella le había narrado más temprano, ese mismo día. Mónica frunció el ceño al leer.

Los hechos básicos eran los mismos, Isabel había recibido órdenes de salir de la región en problemas poco antes del comienzo de la guerra el cinco de junio, pero en contraste con lo que ella le había dicho más temprano ese día, Isabel escribió:

Por mucho que yo quería estar allí, yo estaba llevando algo precioso, algo que valoraba por encima de lo emocionante de mi profesión...

La historia luego regresó a los hechos como Isabel los había relatado unas pocas horas antes, hasta este punto:

Usted tiene que recordar que esto ocurrió tiempo atrás, en la edad del oscurantismo de las mujeres en el lugar del trabajo. Ni que decir de las mujeres en las zonas de guerra. Mis jefes, todos hombres por supuesto, se imaginaron que yo había tenido el bebé y que era tiempo de regresar al trabajo. (¿Descanso por maternidad? ¡no existía nada de eso!) Si quería jugar el juego de los muchachos, tenía que jugar de acuerdo con las reglas de ellos. Yo tuve seis días de descanso y luego abandoné a mi pequeña bebé. Nunca olvidaré ese momento. Sara era tan pequeña e indefensa (ni que decir de mi esposo quien iba a cuidarla, el que me parecía grande e inútil) Yo la estaba abandonando. La culpa que sentí en ese momento era abrumadora. Nunca antes había odiado mi trabajo, de hecho me había gloriado en él. Sentía que era yo, que era para lo que yo había sido puesta en la tierra. Pero lo odié en ese momento. De todas maneras me fui a hacer mi trabajo como reportera. No podía parecer débil...

Mónica frunció el ceño cuando leyó estas últimas palabras. Estas palabras la ayudaron bastante a explicar el cambio en la mente de Isabel en esos días, treinta años después de los históricos acontecimientos del Medio Oriente.

Ella tomó otra hoja de las páginas manuscritas con las memorias. Ojeándolas brevemente, descubrió que era un relato directo de la predicción, basada en sus conocimientos, que Isabel había hecho en 1971, respecto al cambio que iba a ocurrir en las relaciones entre los Estados Unidos de América y China comunista. Este artículo ganó para ella el premio Pulitzer, pero que la dejó en muy mala posición con el presidente, porque él creyó que ella le había robado algo de su gloria.

Nunca estuve en la lista de enemigos, pero yo estaba segura de que no estaba en la lista que acompañaría al presidente Nixon a China. Henry Kissinger intervino y obtuve un lugar en el avión de prensa en el último momento. Por supuesto,

Sara le dijo a todos sus amigos en la escuela que yo iba a ir a China con el Presidente. Pero, usted sabe como son los muchachos, ninguno de ellos le creyó. Yo creo que su profesor tampoco le creyó. En esos días el New York Times publicó una fotografía de Nixon de pie junto al camarada Mao en el Gran Salón del Pueblo, y usted podía verme detrás de ellos. Yo estaba mirando de soslayo al Camarada Mao, la verdad es que estaba tratando de determinar si ese era su cabello real, el hombre tenía un pelo muy raro cuando usted lo miraba de cerca. Sara cortó la fotografía y la llevó triunfante a la escuela. La primera cosa que ella me dijo cuando regresé fue: "Mami, estaba tan orgullosa de ti..." Es el tipo de momento por el cual usted cambiaría el Pulitzer, créame.

Mónica suspiró y metió un pedazo de papel en la máquina de escribir y empezó a trabajar, transformando rápidamente las páginas manuscritas en páginas escritas a máquina, ordenándolas cuidadosamente.

Al caer la tarde, mientras preparaba la mesa para la cena, Mónica descubrió un tesoro compuesto de diferentes manteles para la mesa, cubiertos de plata y vajillas. Isabel prefería aparentar que a ella no le preocupaba mucho las cosas finas de la vida, pero al pasar los años, se podía notar que había hecho un esfuerzo extra para coleccionar hermosos recuerdos de los muchos lugares que había visitado en el curso de su larga y variada carrera. Había delicados manteles de Irlanda, tapetes individuales italianos trabajados minuciosamente, plata de Alemania, loza fina de Inglaterra. Un candelabro fino, en plata, de cinco brazos llamó la atención de Mónica. Ella sabía que las velas blancas y las rosas blancas lucirían preciosas sobre la mesa.

Isabel salió del cuarto cerca de las cinco de la tarde, con un vaso de té en su mano. Ella se detuvo y miró la mesa exquisitamente arreglada, cada servilleta perfectamente doblada en su lugar.

—Mónica —dijo Isabel—. Oh... Mónica. Esto parece tan, tan hermoso.

Ella dejó su vaso sobre la mesa y tomó uno de los platos de borde dorado y rojo.

—¿Dónde encontró esta vajilla? No la había vista desde el 1975 cuando Henry Kissinger y su esposa vinieron a cenar.

—La encontré en la parte de atrás del gabinete de vajillas —dijo Mónica suavemente—. Espero que no se moleste por haberla usado.

Con excesivo cuidado Isabel puso el plato de nuevo en su lugar.

—¡Hombre! ¡Este Henry Kissinger! Él podía *comer*. Yo estaba aterrorizada porque se iba a acabar la comida. Gracias a Dios, Nancy, su esposa, comía como un pajarito. Ella era tan delgada como un palillo —Isabel tomó nuevamente su vaso de té helado—. Bueno, eso sería una parte de un capítulo muy interesante de mis memorias, ¿no cree?

–Encantador –dijo Mónica.

Los ojos de Isabel se habían fijado en algo más que había en la mesa del comedor. Un grupo de hojas muy bien mecanografiadas y sujetadas con grapas. Estaban junto al plato donde Isabel se sentaría.

–¿Qué es esto? –preguntó al recoger los papeles.

–Es nuestra conversación... –dijo Mónica–. La que tuvimos hoy sobre su viaje a China con el presidente Nixon. Pensé que si usted estaba trabajando, yo también debía hacer mi parte.

–¡¿Estás bromeando!? –dijo Isabel con una carcajada–. Usted ha *estado* muy ocupada. El sinvergüenza de mi publicista está ganando mucho dinero con su trabajo y le apuesto que él no le está pagando mucho.

–El dinero no importa –dijo Mónica.

Y esto era absolutamente cierto.

–Usted dice esto ahora –dijo Isabel, mirando a los papeles que Mónica había mecanografiado esa tarde–. Pero es importante cuando no se tiene nada...

Isabel sonrió y leyó en voz alta el manuscrito: "Aquí estoy, en la Gran Muralla China... congelándome el condenado trasero..."

Isabel levantó la mirada y parpadeó.

"¿Mi condenado trasero?" Creo que nunca antes en mi vida he usado la frase "mi condenado trasero".

Mónica sonrió, e hizo un giro en la conversación con algo de dificultad.

–Bueno... lo edité un poco.

–Ya lo veo –dijo Isabel.

En el momento en que Isabel terminaba el último sorbo de su té helado, el timbre de la puerta sonó.

–Ya están aquí –dijo Isabel.

–¡Ya voy! –gritó ella–. ¡Muy bien, Mónica! ¡Muy bien! –dijo mientras se abanicaba con las páginas de sus memorias y se dirigía hacia la puerta para abrirla.

Beatriz, la pequeña de Sara, entró corriendo con alegría por la puerta de la casa seguida a un paso regular por una mujer alta, joven, a quien Mónica reconoció como la persona en la foto sobre la chimenea y quien había estado en el restaurante el día anterior.

Madre e hija se saludaron cordialmente, pero le pareció a Mónica que ellas estaban un poco reservadas. Ese no fue el caso cuando Isabel abrazó a su nieta, Beatriz, con un abrazo de oso.

–¡Ah! ¡Aquí está mi niña encantadora! ¡Ah, mi bebé!

–Hola abuelita –dijo Beatriz con voz aguda. Luego, se soltó de los brazos de su abuela y se detuvo solo para permitir que su madre le quitara el abrigo antes de alejarse rápidamente.

Ella fue directamente al aparador con puertas corredizas de vidrio, localizado en el corredor en el que Isabel guardaba chucherías que había coleccionado en una docena de países.

Había abanicos y piezas de jade de sus estadías en el lejano Oriente, piezas talladas africanas, pedazos y piezas de cerámica que ella había recogido en Zurich, París y Florencia. Pero la cosa que siempre llamaba la atención, a los ojos de Beatriz, era una pieza simple y pequeña de porcelana que Isabel había encontrado en algún lugar, era una figura de cerámica blanca y carmelita que representaba un ángel. La figura era realmente la figura de un niño pequeño con alas, sosteniendo un instrumento con cuerdas, una guitarra, un banjo o un laúd, era difícil decir exactamente cuál instrumento era, y estaba montada sobre un pedestal de madera. Había una llave asegurada en la base. Beatriz le dio vueltas y empezó a sonar una versión del inolvidable himno: "Sublime gracia del Señor".

–Ah –dijo Isabel–, ¡como quiere ella esa cajita de música! Ni siquiera me acuerdo dónde la conseguí…

Sara no estaba interesada en la cajita de música. Ella miró a Mónica y sonrió, una sonrisa ligeramente reservada.

–Ah –dijo ella–, usted debe ser Mónica.

–Hola, Sara. Es un placer conocerla –replicó Mónica estrechando la mano de la mujer–. ¿Cómo está usted?

–Mónica es mi nueva asistente –anunció Isabel orgullosamente, como si todo hubiese sido su idea–. La acabo de contratar para que me ayude… y le he rogado que se quede a cenar.

Sara vaciló por un momento, luego asintió con un poco de duda.

–Muy bien –ella miró alrededor–. La casa parece tan… no sé… tan ordenada.

Ella hizo lo mejor que pudo para no parecer o decir cosas que mostraran sorpresa.

–Me inspiré –dijo Isabel. Ella se dirigió hacia la cocina–. ¿Alguien desea una bebida?

–Algo huele bien –comentó Sara cuando su mamá estaba a una distancia a la cual no podía oír–. Mi mamá no ha preparado una cena en años. No que yo me acuerde de todos modos…

Mónica pensó que era mejor no mencionar quién

realmente había hecho la mayor parte del trabajo en la casa, incluso la cena. Era mejor dejar que Sara pensara lo mejor de su madre.

–¿Alguien quiere algo de beber? –preguntó Isabel nuevamente desde la cocina.

Sara parecía muy tensa.

–No para mí, mamá.

Nadie más quiso una bebida, excepto, por supuesto, Isabel, quien permaneció en la cocina haciendo una jarra fresca de té helado. Cuando ella regresó, Mónica, Beatriz y Sara ya estaban sentadas a la mesa.

Cada una estaba disfrutando de la comida hecha en casa.

–De manera, Beatriz –dijo Mónica–, supe que habías tenido un cumpleaños muy importante ayer. Tú sabes que siete es una edad muy importante, ¿no es cierto?

La pequeñita había traído la cajita de música a la mesa.

Mientras asentía con la cabeza solemnemente, le daba cuerda a la cajita de música por cuarta o quinta vez seguidas.

–Sí –dijo Beatriz–. Ya lo sé. Siete es cuando tú aprendes realmente a leer sin ayuda.

–Muy bien –Mónica estuvo de acuerdo–. Tu mamá debe estar muy orgullosa de ti.

Sara se enorgulleció, toda su cara brilló cuando miró a su hija

–Lo estoy, lo estoy. Ella es mi niña muy especial.

Ella echó sus brazos alrededor de Beatriz y la abrazó con fuerza.

–¿No eres tú mi niña especial, Beatriz?

–Sí –dijo Beatriz.

Isabel se sirvió otro vaso de té helado. Era su segunda jarra de la noche y la mostró a ellas.

–¿Alguien más? –preguntó.

La mano de Beatriz se levantó rápidamente, como la de un estudiante ansioso.

–¡Yo quiero, abuela! ¡Por favor!

Isabel meneó su cabeza.

–¡Oh! ¡Oh! Tú eres demasiado joven para tomar té helado.

–¡Pero ya tengo siete años! –protestó Beatriz.

Isabel asintió.

–¡Lo sé! Eso es lo que yo quiero decir... ella tomó un paquete de cigarrillos de sobre la mesa, y con algo de dificultad sacó uno y lo encendió, exhalando una columna grande de humo.

Sara frunció el ceño ante la columna de humo azul y discretamente trató de alejarlo del sitio donde Beatriz estaba sentada. Isabel no puso atención a la incomodidad de su hija.

–Bueno, ¿qué estaba diciendo? –dijo Isabel fumando animadamente su cigarrillo–. ¿Dónde estaba yo? Ah sí, París. Oye, yo amo a París... normalmente pasaba mucho tiempo en París. En la estación de D&R (descanso y recreación), si usted está haciendo algún tipo de trabajo en el Medio Oriente o África del norte...

–¿Qué es D&R? –preguntó Beatriz.

–Descanso y recreación –dijo Isabel–. Aunque no creo que era tanto descanso el que una persona podía tener en aquellos días.

Ella golpeó sugestivamente a Mónica en las costillas.

–¿Sabe usted lo que quiero decir, Mónica?

Mónica realmente no sabía lo que ella quería decir.

–Un día te voy a llevar a París, Beatricita. Y caminaremos por los Campos Elíseos juntas, y comeremos *croque monsieur* a la media noche a las orillas del Sena...

–¿Qué es *croque monsieur*? –preguntó Beatriz.

Isabel inhaló profundamente su cigarrillo otra vez.

–Créelo o no –dijo ella–, es una forma refinada de decir emparedado de jamón a la brasa con queso.

Beatriz no notó la incomodidad de su mamá, ya que estaba encantada con su abuela y las historias de París. Ella se volvió a su madre.

–¿Mami, haz estado en París con mi abuelita? Haz comido un... ¿Qué es, abuelita?

–*Croque monsieur* –se aseguró Isabel de enfatizar el acento galo.

Sara meneó su cabeza.

–Nunca he estado en París con la abuela.

Un tono frío surgió en la voz de Isabel mientras miraba cuidadosamente la punta ardiente de su cigarrillo.

–Tu madre no estaba interesada en París. El viajar la pone nerviosa.

La temperatura en el cuarto repentinamente pareció bajarse uno o dos grados.

–No era el viajar lo que me ponía nerviosa, mamá.

–¿No? –preguntó Isabel.

–¡No! –contestó Sara fuertemente.

Mónica podía sentir la gran tensión entre las dos mujeres, también podía notar que las dos estaban conteniendo sus lenguas. Beatriz, gracias a Dios, no era consciente de la tensión. Ella simplemente tomó la cajita de música, le dio cuerda nuevamente, la puso sobre la mesa, y las hermosas notas de "Sublime gracia" produjeron una paz musical en el tenso comedor.

Capítulo cuatro

A medida que la cena continuaba, Isabel se volvía más y más parlanchina, fumando cigarrillo tras cigarrillo y terminando vaso tras vaso de té helado. Las historias que ella contaba, y parecía que tenía miles de ellas, se estaban volviendo ligeramente indecentes, bromeando con un tono indecoroso. Sara hacía lo mejor que podía para controlar su temperamento, observaba a su hija con frecuencia para ver si Beatriz había notado o no una mala palabra o una historia falta de delicadeza para una niña de siete años. Sin embargo, la mayor parte del tiempo, la pequeña estaba contenta con dejar a los adultos haraganear mientras ella le daba cuerda a la cajita de música vez tras vez.

La mente de Isabel se había enfocado en sus amantes, y como sus historias, parecía que había tenido muchísimos. Mónica fue llevada en un viaje largo que cubrió los méritos de hombres de varias nacionalidades. Los hombres norteamericanos, descubrió Mónica, se encontraban en algún lugar en la mitad;

los europeos, particularmente los italianos y france-
ses, parecían estar en una constante lucha por el puesto
número uno.

–Creo que la última cita que tuve con un italiano
fue en Roma –exclamó Isabel–. Era uno de esos di-
rectores de películas de la nueva onda. Era un hombre
hermoso, pero que también podía ser miserable.

Ella aspiró profundamente su cigarrillo.

–¿Cuál era su nombre? Espere un minuto lo recor-
daré... Yo puedo recordar su cara –le guiñó el ojo
maliciosamente a Mónica.

"Lo mismo que algunas otras cosas".

–¡Por Dios! ¡Mamá! –dijo Sara abruptamente,
mientras miraba a Beatriz, y esperaba que su madre
se diera cuenta de que había una niña presente sin
realmente decirlo–. No creo que nadie quiera oír estas bobadas.

Isabel fijó la mirada en su hija.

–No me dé esa mirada. No se haga la santa, Sara.

Ella agarró otro cigarrillo y lo prendió.

–¿Cuándo fue la última vez que salió con un hombre, Sara? Quizá le vendría bien a usted.

Mónica hizo todo lo que pudo para calmar la situación.

–¡Ah! Yo... una agradable y rápida caminata en la
mañana siempre me hace mucho bien –dijo rápidamente.

Isabel explotó en carcajadas al comentario de Mónica
y mientras se reía estiró su brazo para alcanzar la jarra
de té helado lista para llenar nuevamente su vaso. Pero
el gesto molestó a Sara, quien había estado mirando a

su madre con un disgusto cada vez más grande a medida que la cena avanzaba. Ella agarró la jarra casi vacía, la retiró de su madre y la puso lejos.

–¡Oiga! –gritó Isabel. Sus ojos estaban opacos y fuera de foco–. ¿Qué está haciendo con esa jarra?

Sara permaneció firme.

–Ya usted ha tomado demasiado. Eso es lo que estoy haciendo. Mamá, ya ha tenido suficiente té helado por una noche. ¿De acuerdo?

–¿Suficiente? No lo creo...

Sara estaba haciendo lo mejor que podía para controlar su ira.

–Mamá. ¿Podemos compartir un pedazo de torta y terminar con esto? ¿Por favor? ¡Un pedazo de pastel y nos iremos de aquí!

Isabel miró a su hija como si ella estuviera hablando un idioma extranjero.

–¿Torta? ¿Qué torta?

–El pastel de cumpleaños –dijo Sara mirando de reojo a su hija.

Isabel ya había arruinado una torta, y ahora parecía como si hubiese olvidado proveer la que ella había prometido para esa noche.

Mónica no podía creer que a ella también se le hubiese olvidado la torta de cumpleaños. Ahora solo había una solución.

–Por supuesto –dijo Mónica–. El pastel. Está en la cocina. Lo traeré inmediatamente.

–Eso sería excelente –dijo Sara, su voz sonaba seca y sus palabras entrecortadas y sin emoción.

Mónica desapareció en la cocina. Ella deslizó sus

dedos por su pelo mientras que miraba nerviosamente en el cuarto. Por supuesto que no había pastel, y ella no podía encontrar algo que siquiera pudiera pasar como torta. Ciertamente no había tiempo para hornear. Mónica sabía que la torta era de particular importancia, los sentimientos de la pequeña estaban de por medio. Pero más importante, Mónica estaba preocupada por lo que esto haría con el respeto que Beatriz tenía por su abuela.

Había solamente una cosa que Mónica podía hacer. Miró a la mesa vacía de la cocina, luego cerró sus ojos y oró... le tomó un momento y escasamente un pensamiento antes de que su oración fuese contestada. Aún antes de que abriese sus ojos, podía sentir allí el pastel sobre la mesa, el calor suave de las velitas calentando su cara. Mónica abrió sus ojos y vio una torta de cumpleaños perfecta. Una capa gruesa de crema decorada con unas rosas verdes y rosadas hechas de azúcar en polvo. "Feliz cumpleaños Beatriz", estaba escrito en rosado y siete velitas blancas estaban cuidadosamente dispuestas alrededor del nombre. Todo estaba colocado sobre una bandeja de plata especialmente para la torta.

Mónica levantó sus ojos y sonrió hacia el cielo, expresando su profundo agradecimiento. "¡Gracias!", susurró ella.

Las cosas no estaban marchando bien en el comedor. Un silencio tenso se sentía allí, la madre y la hija se ignoraban la una a la otra. Sara no sabía qué era peor, que su madre hubiera olvidado la torta o que una persona totalmente extraña, llamada Mónica, tuviera que haberla recordado.

Isabel puso cara de disgusto, preguntándose en voz alta cuál era la base de todo aquel problema. Era solamente una torta después de todo, ¿a quién realmente le importaba? Por lo menos, eso era todo lo que Isabel trataba de mostrar, pero en su mente se sentía culpable y avergonzada de haber olvidado completamente el pastel de cumpleaños de su propia nieta.

Beatriz, completamente ignorante de la tensión en el comedor, estaba muy feliz dándole cuerda a la cajita de música con el ángel de cerámica. Le parecía inocente a la pequeña darle cuerda a la cajita de música, aunque ya lo había hecho una docena de veces esa noche y nadie lo había cuestionado.

Pero Isabel, al sentir el rechazo de Sara radiando a través de la mesa, permitió que su ira y culpa la controlaran y dijo en una forma ciega.

"¡Por Dios! ¡Beatricita! –gritó ella–. ¿Todavía no estás cansada de esa cosa?" Dijo Isabel en voz alta mientras trataba de arrebatar la cajita de música de las manos de Beatriz. El movimiento fue tan súbito y tan fuerte que la niña gritó de susto y se cubrió la cara temerosa de que a continuación pudiese recibir una bofetada.

Beatriz empezó a sollozar al mismo tiempo que se escondía detrás de su madre.

"¡Dámelo! –dijo Isabel en voz alta–. ¡No puedo soportar ese ruido un minuto más!"

Ella arrebató la cajita de música de la mano de la pequeña. Por un momento pareció como si Beatriz fuese a llorar.

A Sara le tomó uno o dos segundos para darse cuenta de lo que había pasado. Entonces, sus facciones se endurecieron. Tiró su servilleta y se puso de pie rápidamente.

"¡Se acabó! –dijo ella, con su mirada de fuego–. ¡Eso es todo! Ven, Beatriz, nos vamos".

Ella tomó a Beatriz de la mano y la puso de pie.

Precisamente en ese momento Mónica regresaba al comedor llevando la hermosa torta. Inmediatamente, ella notó lo que estaba pasando. Su corazón se contristó y se apresuró para tratar de solucionar la situación.

–¡Ah! No se vayan –dijo ella.

Ella inclinó el pastel para mostrándoles la crema hermosamente decorada.

–Ustedes deben esperarse y probar un pedazo de la torta del cumpleaños de Beatriz. Miren como está tan hermosamente decorada.

Sara hizo lo mejor que pudo para mantener su ira bajo control. Ninguno de los problemas en esa casa eran culpa de Mónica y ella no merecía sentir el aguijón de la ira de Sara.

–¡No! ¡No! –dijo Sara firmemente–. Lo siento Mónica. Esta fiesta ha terminado para nosotras. Mañana regresaremos y probaremos el pastel. Por favor, ¿puede guardarnos un pedazo de torta, Mónica?

–Por supuesto –dijo Mónica–. Esperaremos hasta mañana para cortarlo. Yo le pondré velitas nuevas.

-Es una excelente idea. Gracias.

Mientras Sara hablaba, suavemente haló a Beatriz hacia la puerta haciendo lo posible para sacar a su hija de esa casa rápidamente.

Isabel no se había movido de la mesa. Ella miraba tranquilamente a su hija quien estaba tratando de irse rápidamente.

-Sara -dijo ella casi rogando-, Beatriz quiere un pedazo de torta.

Sara tuvo que detenerse a pesar de la mucha prisa que tenía por salir de allí. Ella se volvió y enfrentó a su madre mirándola fijamente a los ojos.

-Lo que ella quiere es una abuela sobria.

Entonces ella se dirigió nuevamente hacia la puerta.

-¡Vámonos, Beatriz! ¡Vámonos de aquí!

Mónica se apresuró alrededor de la mesa y llegó hasta donde estaban Sara y Beatriz, quienes se estaban poniendo sus abrigos en la entrada de la vieja casa. Ella hizo un ademán con la mano para detener a Sara por un momento y hablar con ella.

-Sara -murmuró-. Lo siento mucho. No me había dado cuenta de lo que estaba sucediendo. No sabía acerca de su madre...

-¿Qué? -contestó Sara-. ¿Qué está usted insinuando? ¿No es esa la razón por la cual su publicista la envió a usted a esta casa? ¿Para vigilarla?

-No -dijo Mónica meneando su cabeza-, nadie allá sabe.

Ella miró de soslayo a Beatriz. No se sentía segura de hablar libremente frente a una niña tan pequeña.

-No sabía que ella tenía un problema con la bebida.

Las facciones de Sara se endurecieron.

–¿Problema con el alcohol? –dijo ella sarcásticamente, casi riéndose–. Mi madre no tiene un problema con el alcohol, Mónica. ¡Mi madre es una alcohólica!

Con eso, ella haló a Beatriz por la puerta de enfrente y lo cerró con un portazo al salir.

Mónica regresó lentamente al comedor. Isabel se estaba sirviendo otro vaso de "té helado" (que era, dicho sea de paso, una mezcla letal de vodka, tequila, ron claro y ginebra con un poco de cola para disfrazarla como una bebida refrescante).

Isabel tomó un sorbo de la bebida y le sonrió maliciosamente a Mónica, quien había recogido la torta para llevarla de regreso a la cocina.

–De manera que... –Isabel prendió un cigarrillo, inhaló profundamente, y luego exhaló una gran nube de humo–, ahora usted ha conocido a mi hija. Más o menos aburrida, ¿no cree?

Mónica no contestó. Su corazón estaba entristecido, apagó las siete velitas de la torta y deseó haber encontrado la forma de hacer el segundo intento para celebrar el cumpleaños de Beatriz, un intento más feliz.

Isabel se quedó enojada, sentada a la mesa, fumando y tomando, con la mirada perdida, sin ponerle atención a Mónica quien se había dedicado a recoger rápidamente el comedor.

Ella limpió y puso los platos uno encima de otro y empezó a lavarlos. Cuando regresó al comedor, encontró la jarra de té helado vacía, el cenicero lleno y su anfitriona que se había ido.

Mónica caminó por toda la silenciosa casa mientras los viejos pisos de madera chirriaban bajo sus pies. Se detuvo afuera del cuarto de Isabel y empujó la puerta suavemente para dejarla ligeramente entreabierta. Isabel se había acostado envuelta en una cobija a través de la cama con un brazo sobre sus ojos como si estuviera tratando de protegerlos de una luz brillante, aunque no había más iluminación en el cuarto que el suave brillo de la lámpara de la mesita de noche. Mónica hizo lo posible para dejar a Isabel cómoda, la cubrió con una cobija y apagó la luz. Isabel dormía tan profundamente y tan embriagada, por los continuos vasos de té helado, que no se movió ni una sola vez. Mónica salió en puntas de pies del cuarto.

Unos momentos más tarde al regresar al estudio, Mónica fijó su atención en un grupo de hojas manuscritas con las memorias de Isabel.

...Yo grité, me quejé, volví a gritar tan fuerte, y por tanto tiempo, que mis editores finalmente me mandaron a Saigón durante la guerra del Vietnam. Yo pienso que ellos me enviaron esperando que me mataran. Bueno... quizás solamente que me asustaran terriblemente. O que me asustaran lo suficiente para que les rogara que me enviaran a casa tan pronto como las cosas se pusieran un poco calientes. El fotógrafo que me asignaron era un muchacho osado de Boston,

Brian Kelleher. Los dos, una negra del sur y un chico blanco del sur de Boston, fueron a la guerra. Era abril de 1964.

No era la primer mujer en cubrir la guerra en Vietnam, pero fui una de las primeras. Los muchachos en el club de prensa extranjera en Saigón eran como los periodistas de cualquier parte del mundo en esa época. Las mujeres podían cubrir los temas femeninos, aun escribir los reportajes policiacos o los artículos de las noticias locales, sin embargo, las mujeres no tenían ningún papel que desempeñar como corresponsales de guerra. Ya sabe usted, nosotras no éramos consideradas lo bastante duras. Por supuesto, esa primera noche en el club de prensa de Saigón, ninguno de los reporteros fue lo bastante valiente para expresarlo. No, ellos eran mucho más sutiles. Cuando Brian y yo nos sentamos a la mesa, los "muchachos" enviaban ronda tras ronda de tragos, cortesía de ellos. Bueno, eso estaba bien, como ya he dicho, yo ya sabía como tomar, pero nuestros benefactores nunca enviaron la misma bebida dos veces. Una ronda de martinis era seguida por dos vasos de whisky, luego borbón y luego ellos cambiaban a mezclas de bebidas exóticas como Rob Roys, Rusty Nails y Sidecars. La clase de bebidas que la gente tomaba en esa época, antes de descubrir el vino blanco. Por supuesto yo sabía lo que ellos estaban tratando de hacer, y me tomé todas y cada una de aquellas bebidas, una tras otra. No había manera de que ellos supieran que yo no podía tomar en la misma forma en que ellos lo hacían. Yo todavía estaba de pie mucho después que la mayoría de ellos se habían dormido por el licor. Brian se había quedado dormido bajo la mesa a la cuarta ronda. Al final, éramos solo yo y un viejo guerrero de la UPI, un reportero que había estado en Vietnam mucho más tiempo que cualquier otro. Él destapó dos botellas de cerveza, me pasó una, echó su brazo sobre mi hombro y respiró en mi cara –¡aún puedo sentir el tufo!– y dijo: "bienvenida a la guerra, chica... te va a ir perfectamente bien."

Nosotros chocamos las botellas y me tomé la mía sin parar. Sentí que me acababan de recompensar con la medalla al mérito. Que formaba parte del grupo; que yo era un miembro del club y eso decía mucho.

Pasé todo mi primer día en Vietnam con una resaca que casi me mata. Por suerte, no hubo noticias ese día.

Capítulo cinco

Al día siguiente de la desastrosa cena de cumpleaños, Isabel se recuperó de los terribles efectos del alcohol que tenía. Lo hizo gracias a su gran fuerza de voluntad, a varias tazas de café caliente y amargo, y a una gran cantidad de aspirinas.

Cuando Sara y Beatriz llegaron en la tarde, era claro que había habido un acuerdo tácito entre madre e hija para cubrir los pequeños desafueros de la noche anterior. Si iban a desenredar la madeja de problemas que compartían Sara e Isabel, entonces no había nada que hacer ese día.

Beatriz finalmente recibió su pastel de cumpleaños. Isabel, Sara y Beatriz estaban muy impresionadas con lo que creyeron que era la obra de Mónica, pero Mónica se negó a aceptar el mérito.

"Fue hecho por uno de mis amigos –dijo ella–, un amigo muy querido".

Ellas cantaron una conmovedora versión del "Feliz cumpleaños". Mónica partió el pastel.

Isabel tomó un bocado.

–¡Torta de ángel! –exclamó con sorpresa.

Mónica miró y se puso un poco pálida.

–¡Por favor! Discúlpeme. ¿Qué dijo?

–¡Torta de ángel! –exclamó Isabel nuevamente–. Esta ha sido mi pastel favorito toda mi vida, tan suave, tan ligero. Dígale a su amigo que yo nunca había comido una torta tan deliciosa.

–Lo haré –dijo Mónica.

–Es increíblemente deliciosa –asintió Sara–. Mejor que la torta de diablo.

Las palabras eran completamente extrañas para Mónica, pero también estuvo de acuerdo.

–¡Ah! Sí –asintió ella–. Siempre es mucho mejor que la torta de diablo.

–No sé –dijo Isabel–. Me encanta la torta de ángel, pero una vez comí torta de diablo en Taillevant en París, y me pareció celestial.

Ella tomó otro bocado y sonrió.

–Pero esta torta está mejor...

–¡Deliciosa! –asintió Beatriz.

Beatriz sonreía mientras Sara trataba de que se quedara quieta en el asiento para limpiarle un pedazo de crema del mentón.

No había señal de la jarra de té helado del día anterior, lo cual Mónica consideró como una buena señal.

–Mamá –preguntó Sara cuando terminó de limpiar la cara de Beatriz–, ¿tiene usted alguna idea dónde puede estar mi certificado de nacimiento?

–Está entre mis archivos en algún lugar –dijo Isabel sin darle importancia–. Yo sé que está allí. Todo lo que tenemos que hacer es encontrarlo.

Mónica comenzó a recoger la mesa e Isabel tomó a su nieta por la mano y la guió hacia el estudio.

–Ven, Beatriz –dijo ella–. Hay algo que quiero mostrarte.

Sobre el desordenado escritorio del estudio estaba la vieja máquina de escribir de Isabel Jessup. Era posiblemente de la década de los cuarenta. En el otro extremo del cuarto Mónica y Sara se sentaron en el piso para revisar los voluminosos archivos que correspondían a un sistema muy personal de Isabel, quien estaba totalmente concentrada en su nietecita.

–Beatriz tienes que aprender mecanografía –le informó su abuela–, aun con las computadoras, necesitas aprender como escribir a máquina al tacto y rápidamente.

–Nosotros usamos computadoras en la escuela –le comentó Beatriz con orgullo.

–Las computadoras son buenas –replicó Isabel–, nunca logré manejarlas, pero si tú aprendes mecanografía en esta máquina vieja podrás escribir en cualquier tipo de máquina.

Isabel puso una hoja de papel en la vieja máquina de escribir y colocó las manos de su nietecita sobre las teclas ya gastadas. Beatriz presionó las teclas con sus deditos forzando a trabajar el mecanismo antiguo y ya duro. Ella pudo escribir una o dos palabras.

–Un poco más fuerte –dijo Isabel quien permaneció de pie al lado de ella.

Beatriz presionó unas pocas teclas más con tanta fuerza como podía.

–¡Muy bien! –dijo Isabel–. Pero tienes que escribir realmente rápido. Ahora te voy a decir cuál es la primera regla del periodismo. Tú debes aprender a escribir a máquina más rápido que lo que piensas. Así estarás segura de que nunca perderás un reportaje.

Beatriz pensó un poco al respecto.

–No sé, abuelita. Yo pienso muy rápido.

Isabel sonrió.

–Sí, realmente piensas muy rápido –dijo ella–. Tú serás una excelente reportera algún día.

Mientras Beatriz hacía lo mejor que podía en la vieja máquina de escribir con una clara determinación reflejada en su cara, un espejo de la determinación de su abuela, Sara llamó desde el otro lado del cuarto: "¿Sabe mamá? Yo no vine aquí a limpiar sus archivos".

Las dos, Mónica y ella, estaban hundidas hasta las rodillas en pilas de papel amarillento, cuadernos de reportera sobrecargados con apuntes, libros viejos de direcciones, pasaportes cancelados, copias de historias enviadas por cable con varias décadas de antigüedad. El desorden normal que se acumula a lo largo de una carrera muy ocupada.

–Muy bien –murmuró Isabel–. No quiero que limpien mis archivos. Si encuentro que hay un pedazo de papel extraviado...

–¿Cómo podrá notarlo? –preguntó Sara.

No parecía haber razón o lógica en la organización de los cúmulos de papeles.

–Yo podré notarlo –contestó Isabel–, puedes apostar Sara. Yo lo voy a notar.

–Muy bien, entonces, ¿puede darme solamente una idea de la localización general de mi certificado de nacimiento?

–Sara, ¿p*ara qué* diablos necesita su certificado de nacimiento? La única razón por la cual lo necesitaría sería para obtener un pasaporte nuevo y sé que no necesita uno... Ah, y me imagino que también necesitaría uno para obtener una licencia matrimonial lo cual es poco posible. ¿Estoy en lo correcto? –la voz de Isabel parecía ligeramente molesta.

La mirada de Mónica fue desde donde estaba la madre hasta donde estaba la hija. Primero comenzaba una discusión, luego la tensión se elevaba y finalmente Isabel iba por la botella. Mónica esperaba que esta discusión no subiera de tono y terminase en el patrón ya familiar.

–Hay otra razón –dijo Sara mientras mantenía su compostura–, lo necesito porque me dieron una promoción en el banco y me están haciendo una nueva evaluación de seguridad.

Isabel también bajó la tensión, se rascó la cabeza y pensó por un momento: *Muy bien... El certificado de nacimiento de Sara...*

Ella cerró sus ojos como si estuviera tratando de conjurar una imagen del documento. *Certificado de nacimiento...*

–Revise el archivo bajo la letra mayúscula M.

–¿M? –dijo Sara–. ¿Por qué la M?

–Usted nació durante la guerra de los seis días, un suceso muy importante en el Medio Oriente –dijo

Isabel, como si su sistema fuera perfectamente lógico–. De manera que revise la M en referencia al Medio Oriente.

Sara le dio a Mónica una mirada del tipo "¿ve usted con lo que yo tengo que lidiar?", y sacó un archivo de una caja el cual estaba marcado con una letra M grande y negra. Sara lo abrió y pasó algunas pocas páginas y encontró su certificado de nacimiento.

–¡Ya está! –dijo Sara–. ¡Lo encontré!

–¿Se da cuenta? –dijo Mónica–. Su sistema le funciona muy bien. ¿Quién ha dicho que otro método para archivar sería mejor?

–Me imagino que…

Sara quedó cautivada al mirar los diversos documentos tan fascinantes que había en el archivo de la letra M: la tarjeta de seguridad del ejército de defensa israelí, perteneciente a Isabel; una serie de artículos que registraban las tensiones que llevaron a la guerra de los seis días; y, luego había una especie de vacío desde el nacimiento de Sara hasta el final de la guerra.

Isabel pudo haberse perdido la guerra, pero de todas formas, todas las personas del mundo periodístico sabían que, en algún momento de su vida, Isabel había sido una de las personas principales en la escena internacional.

Sara levantó una carta y se la mostró a Mónica.

–¡Ah¡ –dijo ella–. Déle una mirada a esto.

"Estimada Isabel… –leyó Sara–. Es de Moshe Dayan".

Dayan fue el general israelí que planeó y dirigió el sorprendente éxito de Israel sobre sus enemigos en 1967.

Sara ojeó la carta rápidamente y luego se rió.

-Él se disculpa por no haber podido prolongar la guerra de los seis días, pero la felicita con motivo del nacimiento de su hija.

-Esa es usted -dijo Mónica.

Sara asintió con la cabeza y miró en dirección a su madre. Isabel aún estaba enseñándole a Beatriz los aspectos más importantes de un periodista profesional. Isabel no estaba consciente de la mirada amorosa presente en los ojos oscuros de su hija.

-¡Qué mujer era ella! -dijo Sara suavemente.

Mónica asintió con la cabeza.

-Ella todavía es una persona de la cual estar orgullosa -dijo Mónica-. Debe haber sido una mujer muy interesante para tenerla como madre.

-En esas raras ocasiones cuando mi mamá estaba cerca -dijo Sara con un poco de lamento-. Me parece recordar que ella viajaba 363 días del año. Sin embargo, algunas veces tuvo tiempo para llegar a casa para pasar Navidad, usted sabe...

-¿Nunca viajó usted con ella? -preguntó Mónica.

La noche anterior, Isabel le había dicho que viajar ponía a su hija "nerviosa". Mónica se preguntaba qué era lo que ella quería decir exactamente.

-Oh, sí, seguro... Viajé con ella algunas veces cuando era mucho más joven -dijo Sara mientras afirmaba con la cabeza.

-Eso debió haber sido una gran experiencia, ¿la disfrutó? -preguntó Mónica.

-Algunas veces... -respiró Sara profundamente-. Fui con ella a Nueva York y a Washington en dos ocasiones. Y créalo o no, fui con ella a Rusia una vez.

–¿Washington y Rusia? Debió haber sido un contraste tremendo.

Sara asintió con la cabeza y sonrió silenciosamente.

–Sí, se puede decir eso. De todas formas, prefiero a Washington.

–Hábleme de eso –le dijo Mónica.

La cara de Sara pareció brillar por un momento.

–Fue mágico –dijo ella–, como un sueño. A todas partes donde fuimos, la gente la conocía. Personas importantes: políticos, estrellas de cine, personas a las que estaba acostumbrada a ver en la televisión. Aun la gente en la calle la reconocía porque solía estar en esos programas de opinión del domingo en la mañana. Fuimos a convenciones políticas; conocí a Coretta Scott King, Jackie Kennedy... Nosotras nos quedábamos en esos hoteles maravillosos, yo me escapaba durante la noche y me escondía en los salones donde había fiestas, mirando a mi madre en medio de la multitud. Ellos la escuchaban mientras meditaban en cada una de sus palabras.

Sara cerró sus ojos saboreando sus recuerdos.

–Aún puedo verla allí de pie, vestida con mucho lujo y un vaso de champaña en la mano, presidiendo la conversación. Diciéndole a la gente como eran las cosas realmente. Ella salía a la calle, iba hacia las áreas pobres y regresaba con las noticias tal y cómo eran en realidad. Ella se sentía igualmente en casa cuando estaba en los barrios más pobres o cuando estaba en los pasillos más lujosos.

Sara abrió sus ojos y sonrió, mientras meneaba su cabeza lentamente.

–Sin embargo, ella siempre tenía una copa de champaña en la mano. Si las cosas hubieran sido diferentes –dijo Sara mientras suspiraba–. Si ella aún fuera esa mujer… La de aquellos días.

Mónica meneó su cabeza.

–Aún lo es, Sara. Solo que su madre tiene un sufrimiento muy profundo dentro de ella.

Sara se encogió de hombros.

–Es tan difícil de aceptar. Encuentro muy difícil de creer que una mujer tan fuerte como ella en tantas áreas de su vida, no pueda encontrar dentro de sí misma la fuerza suficiente para controlar algo tan destructivo.

–No es tan fácil –dijo Mónica–. Usted tiene que entender eso, Sara.

Sara le dio una mirada a Mónica dándole a entender que ella sabía.

–Créame, entiendo.

Ella se volvió al grupo de papeles, cerró el archivo de la M y lo puso otra vez en el viejo archivador carmelita. Solo quedó sobre la mesa el desorden causado por el correo y los periódicos más recientes. Los ojos de Sara se detuvieron en una tarjeta de invitación escrita en letra dorada y embozada con el sello de la ciudad. Ella la tomó y la leyó.

–Mamá –preguntó Sara–. ¿Qué es esto?

Ella levantó la tarjeta y la ondeó.

–¿Qué es qué? –se oyó distraída a Isabel mientras continuaba ayudando a su nieta con la antigua máquina de escribir. Ella escasamente se molestó en mirar de reojo a su hija.

–Es una invitación del alcalde a los actos iniciales de la celebración del centenario –dijo Sara.

–¡Sí! ¿Y...?

–Aquí dice que usted es una de los oradores –continuó Sara–. Tiene que hablar inmediatamente después del alcalde.

–Ah... Ya pensaré en algo que decir –dijo Isabel en tono déspota–. No quiero hablar de eso en este momento. De todas formas no es sino hasta el quince y aún falta mucho tiempo.

Sara se quedó con la boca abierta por un momento.

–Mamá, hoy es quince.

La información no le causó ninguna impresión a Isabel, quien con dificultad levantó la cabeza de la tarea que tenía a mano.

–Bueno –dijo ella–, entonces creo que no voy a ir.

–Ah –dijo Mónica–, pero ellos la están esperando. Usted es una de las invitadas de honor.

Isabel meneó su cabeza.

–¡No! Ellos están esperando a una corresponsal hermosa, intrépida, viajera por el extranjero y, aceptémoslo, no estoy tan paseadora como en otras épocas.

Para Mónica la solución parecía muy simple.

–Bueno, quizás es tiempo de que empiece a hacerlo nuevamente.

La ciudad se había engalanado para las festividades del centenario. Sobre el prado de la alcaldía municipal habían levantado una carpa de color rojo, blanco y azul, y bajo ella se sentaron el alcalde, los anfitriones oficiales de la ciudad y sus dignatarios.

Sara, Beatriz y Mónica se sentaron al extremo izquierdo de la fila de personalidades. Sus asientos fueron agregados a último momento, ya que no había habido confirmación por parte de Isabel. Cuando ella llegó acompañada de sus tres invitadas, los arreglos fueron hechos rápidamente.

En camino hacia su asiento Isabel encontró el bar que la ciudad había organizado en el parque para la celebración que tendría lugar después de las ceremonias. El cantinero no debía repartir bebidas hasta que todas las formalidades terminaran, pero Isabel se volvió con simpatía y convenció al hombre para que le diera un vaso de vino blanco, luego otro, y luego un tercer vaso, mientras escuchaba al primer orador.

Ella se las ingenió para sonsacarle un cuarto vaso de vino al cantinero al decirle que hablaría después del alcalde y que necesitaba calmar sus nervios. El cantinero, a quien no le eran extraños los bebedores, estaba seguro de que Isabel estaba sobria. Además, ella lucía maravillosa. Estaba usando unos tacones negros con una falda negra ceñida a su cuerpo y una chaqueta blanca de un corte ligeramente militar, cuyo efecto estaba acentuado por toques de azul marino adornados con hilo dorado. Ella tenía puestas unas gafas para el sol muy oscuras que la hacían lucir más joven de lo que era.

El cantinero le pasó el último vaso sin pensarlo dos veces. Isabel le sonrió a la vez que le guiñaba el ojo y le decía: "Gracias, amorcito".

Ella tomó un trago mientras dirigía su atención a las observaciones del alcalde.

El alcalde había llevado a la audiencia a través de los primeros cien años de la historia de la ciudad, sus fundadores, sus ciudadanos distinguidos del pasado y del presente.

"Y para terminar –dijo el alcalde–, en este centenario de nuestra ciudad, es apropiado que lo mejor de lo mejor sea colocado en nuestra cápsula de tiempo para que nos represente por la eternidad... lo cual me lleva a hablarles de Isabel Jessup. La distinguida carrera de Isabel, como una periodista de fama internacional la han puesto como única en su clase y sus muchos y prestigiosos premios son muy numerosos para mencionar".

Isabel se rió dentro de sí, tomó un sorbo de vino y murmuró: "Oh, continúe. ¡Menciónelos! Yo trabajé muy duro por esas trivialidades para olvidarlas ahora".

Como si el alcalde la hubiera escuchado, la complació.

"Sin embargo, tenemos que mencionar que Isabel Jessup ha obtenido la medalla Internacional de prensa y, por supuesto, el premio más deseado de todo el periodismo norteamericano, el premio Pulitzer. Ella ha sido valiente frente a la guerra y el desastre, como también en la política –hubo una sonrisa amable de parte de la audiencia–. Ella ha traído honor para sí misma y orgullo para su pueblo natal. Damas y caballeros... les ruego den una cordial bienvenida a la legendaria señora Isabel Jessup".

Isabel tiró lejos su cigarrillo, puso su vaso sobre la

mesa, tranquilamente se quitó sus gafas para el sol, y se dirigió hacia el podio con estudiada indiferencia. Cuando pasó junto a Mónica y a Sara susurró: "¿Escucharon eso? Legendaria".

Ella se puso de pie en la plataforma por un momento esperando a que se calmaran los aplausos. Cuando hubo suficiente silencio para poder hablar, se inclinó hacia el micrófono y dijo: "Gracias, gracias, no puedo expresarles la emoción que siento al estar aquí con ustedes hoy... La razón por la cual no puedo hacerlo es porque olvidé escribir mi discurso..."

Ella se acercó demasiado a los micrófonos y un sonido estridente resonó en el aire, las quejas se mezclaron con las risas de la audiencia.

"Sin embargo –continuó–, estoy muy conmovida de que me hayan incluido dentro de su cápsula del tiempo... o más bien que hayan incluido mis escritos... Ya que no puedo imaginarme cómoda dentro de esa cosa..."

Hubo unas pocas risas, pero débiles y forzadas. Algo no marchaba bien en el discurso de Isabel. Sin que sus palabras fuesen incoherentes, no eran las de una periodista elocuente que había obtenido muchos galardones.

"Pero sería un gran honor estar enterrada con... –Isabel se volvió ligeramente hacia el alcalde–. ¿Qué dijo usted que había allí, señor alcalde? Una libra de trigo, una fotografía de nuestra nueva biblioteca... –Isabel se encogió de hombros con un gesto un poco despectivo–. ¡Uf! Eso va a ponerles los pelos de punta a las personas que la abran dentro de cien años".

La audiencia se rió nuevamente, pero algunas personas se empezaron a sentir incómodas. Luego, el alcohol empezó a tener su efecto y totalmente soltó la lengua de Isabel.

"¿Qué tal, en cambio, una fotografía mía, desnuda?"

Hubo exclamaciones de sorpresa de parte de la audiencia, pero Isabel no les puso atención.

"¿O qué tal una fotografía de todos nosotros? En este momento. Eso sería bueno, ¿no es cierto? –Isabel se rió entrecortadamente y meneó su cabeza–. En el futuro dirán esos muchachos de hace cien años sabían cómo hacer historia –luego ella se detuvo nuevamente, y parecía que estaba buscando un recuerdo–. Eso me recuerda. Yo vi al alcalde desnudo una vez..."

Ahora todos los ojos estaban puestos en el alcalde. Él cambió de posición en su asiento con algo de incomodidad. Isabel no prestó atención a la incomodidad del alcalde y al malestar general de la audiencia y continuó.

"Sí. Lo vi desnudo. Él hizo un clavado en la piscina del Country Club y su traje de baño se le soltó –se rió Isabel con malicia–. Hablando de noticias instantáneas..."

Sara estaba ahora de pie tratando de alejar a su madre de los micrófonos: "Mamá, es suficiente".

Una parte de un discurso que había dado alguna vez surgió en el cerebro alcoholizado de Isabel.

"Luché contra los obstáculos grandes y significantes todo el tiempo..."

Sara logró controlar uno de los micrófonos. "Lo... siento –dijo Sara–. Ella está tomando antibióticos y no debería estar ingiriendo bebidas alcohólicas en este momento".

Ella trató de alejar a su madre de los micrófonos, pero Isabel luchó por impedírselo.

–¡No he terminado aún! –gritó Isabel.

–¡Mamá, vámonos! –Sara estaba usando toda su fuerza para bajar a su madre de la plataforma.

–Sara, nunca le ha gustado verme en el centro de atención. ¿No es cierto? –preguntó Isabel en tono fuerte.

Mientras que era sacada a la fuerza de la plataforma, el alcalde retomó los micrófonos: "Isabel Jessup, damas y caballeros".

El alcalde aplaudió y esperó que la multitud le diera un aplauso de todo corazón. La gente aplaudió pero no por largo tiempo. La multitud observó a Isabel mientras que la alejaban, una imagen triste de lo que ella era anteriormente.

Mónica ayudó a Sara a llevar a su madre lejos de la ceremonia, pero no fue una tarea fácil sacarla del lugar. Primero, Isabel pensó que merecía ir a la fiesta que seguiría a los discursos, luego creyó que podía manejar a casa por su cuenta.

–Por favor. ¡Déjeme manejar, mamá! –imploró Sara–. Solo me tomará un minuto llevarla a casa, o si lo prefiere, puede venir a nuestra casa y tomar una pequeña siesta.

-Eso quiere decir dormir la borrachera -replicó Isabel inmediatamente.

Ella estaba muy enojada con el trato que había recibido a manos de su hija.

-Me voy a casa.

Ella empezó a alejarse, luego se detuvo y se acercó hacia Sara como si acabara de recordar algo.

-...y, ¿cómo se atreve usted...? ¿Cómo se atreve usted a decirle a la gente que yo estoy tomando antibióticos...? ¿Cómo se atreve a mencionar mis hábitos de bebida en público?

Ella se volvió a alejar nuevamente.

"Ahora, ¿dónde está ese baño? -ella trastabilló unos pocos pasos-. Debe haber un baño cerca de aquí, en algún lugar..."

Isabel recobró su balance, mantuvo su cabeza en alto y se alejó con la extremada y exagerada dignidad de un borracho.

-Mamá... mamá, por favor no... -Sara trató de detenerla nuevamente.

Isabel no le puso atención y rehusó aun mirarla.

-Yo no la necesito a usted para que me ayude para ir al baño -dijo ella-. Por lo tanto. ¡Retírese!

Sara la vio alejarse y suspiró. Sus ojos estaban empañados por las lágrimas. Ella estaba consciente de que Mónica estaba de pie detrás de ella y podía sentir su mirada consoladora en la espalda. Sara le habló sin voltearse.

-¿Tiene alguna idea de lo que significa ver a su propia madre destruirse a sí misma? -se quedó en silencio por un prolongado tiempo, sentada en una banca del parque con sus ojos cerrados mientras hacía negaciones con su cabeza.

Mónica se sentó junto a ella lista para ayudar.

–La amo –dijo Sara después de un largo rato–. Ella es... Ella es mi madre, pero ya no puedo más.

–¡Oh, no! –dijo Mónica.

Mónica sabía que tan dañina podía ser la desesperación. Bien puede poner a la persona de rodillas en ese lugar vulnerable donde puede encontrar la misericordia de Dios, o puede llevarla a la puerta de la destrucción.

Mónica puso sus manos en los hombros de Sara.

–Nunca debe darse por vencida Sara. Eso es algo que nunca puede hacer... por su madre, por usted y por Beatriz.

Sara hizo todo lo que pudo para componerse, secando las lágrimas de sus ojos.

–¿Sabe qué es lo realmente difícil? Es... que... yo sé lo que tengo que hacer. Yo sé lo que necesito hacer. Yo sé lo que es necesario... solo que no puedo hacerlo sola...

Una sonrisa se dibujó en la cara de Mónica y juntamente con la sonrisa apareció un semblante de suave pero firme determinación. Había un buen corazón en esta mujer y Mónica estaba determinada a encontrarlo y reclamarlo para su familia.

–Muy bien, entonces –dijo resueltamente–, yo la ayudaré. Es por eso que estoy aquí después de todo... Ahora, llevemos a su mamá a casa.

Capítulo seis

Mónica y Sara pudieron llevar a Isabel de regreso a casa sin mucha dificultad. Isabel se sentó malhumorada en el auto, como una niña de mal carácter que cree que ha sido regañada injustamente. De cuando en cuando, abrió su boca para defender sus acciones y sus palabras durante la recepción, pero habló hasta darse cuenta de que nadie estaba interesada en lo que ella tenía que decir. Entonces, Isabel se contentó solamente con murmurar. Mónica entendió un poco de lo que ella dijo: "Personas insignificantes. Todos ustedes son personas insignificantes..."

Cuando llegaron a casa, Isabel botó lejos sus tacones altos, abrió la puerta del auto y recorrió la corta senda sin ni siquiera echar un vistazo para atrás. Sara la miró alejarse, meneó su cabeza, se volvió hacia Mónica.

−Yo entraré −dijo Sara.

−¡No! −dijo Mónica−. No es necesario. No hay ningún problema.

–Es mi madre –dijo Sara.

–Entiendo eso –replico Mónica–. Pero si ella va a decir algo hiriente, deje que me lo diga a mí. Y si usted quiere decirle algo hiriente a ella –se encogió Mónica de hombros–, usted no va a estar ahí para decirlo.

La mujer joven miró a Mónica por un largo rato.

–No es su batalla.

–No es tampoco la suya –le contestó Mónica.

Ella miró rápidamente hacia la senda por donde Isabel se estaba alejando.

–Es la batalla de ella...

Cuando Mónica entró, Isabel ya se había servido un gran vaso de té y se había retirado a su dormitorio. Era temprano en la tarde, pero Isabel se dio maña para dar la impresión de que no sería vista nuevamente ese día.

A las seis en punto Mónica tocó a la puerta de su dormitorio. Le tocó varias veces y por fin hubo un ruido del otro lado de la puerta de la alcoba.

–¿Isabel? –llamó Mónica.

–¿Qué?

–Son las seis de la tarde. ¿Le gustaría algo de comer? ¿Le puedo preparar una cena pequeña?

Hubo un gran silencio en la alcoba. Por un momento Mónica pensó que Isabel se había dormido nuevamente y por lo tanto tocó en la puerta otra vez.

–¿Isabel?

–No tengo hambre. Necesito dormir. ¡Váyase...!

Mónica suspiró y regresó a sus labores en el estudio. Ella continuó con las memorias de Isabel en la máquina de escribir.

La época más ocupada de mi vida fue en la mitad y la segunda parte de los setenta. Me parecía que vivía en aviones, no solamente sabía los nombres de las azafatas de media docena de aerolíneas, también sabía los nombres de sus niños y los de sus esposos. Fue en esta época, que olvidé el nombre de los míos... Bueno, nunca olvidé a mi hija, por supuesto, pero mi esposo y yo nos habíamos separado. Él quería una vida hogareña y yo, una vida.

Mi hija Sara, por supuesto estaba completamente de mi lado. Viajaba conmigo tanto como era posible. Nosotros teníamos una regla en mi familia: ¡los niños no eran permitidos en una zona de guerra! Para disgusto de los maestros, siempre sacaba a Sara de la escuela y la llevaba conmigo a Washington, Nueva York, Londres. Me parecía que la niña obtenía mucha más educación, cuando iba al palacio de Buckingham o al edificio de las Naciones Unidas, que cuando solo escuchaba durante una clase aburrida a un maestro de la escuela media hablar de ellos. Como solía decirle: usted tendrá mucho tiempo para una vida aburrida. Yo sé que ella estaba de acuerdo en ese entonces, y sé también que ella lo está ahora que es una madre, la madre de mi hermosa nietecita.

Mónica levantó sus ojos de la máquina de escribir y escudriñó a través de sus pensamientos la vida de esta brillante y compleja mujer. Se preguntó si Isabel había logrado repetirse estas ideas a sí misma, hasta que realmente las creyó, o si ella solamente estaba diciendo las cosas en la forma en que esperaba en que hubieran ocurrido. De cualquier forma, Mónica tenía la sensación de que ella había construido una fantasía del pasado, de su propio pasado, el de su esposo y el de su hija.

Mónica continuó leyendo.

Sin embargo, ni siquiera Sara podía mantenerse a mi ritmo en esa época. En mi diario de asignaciones de 1975, veo que al comienzo del año yo estaba en Washington cubriendo la sentencia de cuatro figuras de Watergate: John Mitchell, H. R. Haldeman, John Erlichman y Robert Mardian. Usted puede reconocer tres de estos nombres, pero le puedo apostar que yo soy la única que recuerda que Bob Mardian tuvo su convicción revocada y todos los cargos en contra de él fueron retirados.

Desde Washington yo fui lanzada a la historia más inquietante de toda mi vida profesional.

Al comenzar el año, el Khemer Rojo empezó su campaña asesina en Camboya, la cual llegó a ser mi historia. Llegar al país era difícil. Estuve sentada en la frontera vietnamita–camboyana por casi una semana gritando y dando alaridos, murmurando y lisonjeando. Finalmente pagué

una gran suma de dinero para cruzar la fronte-
ra. Yo llegué a Phnom Penh sintiendo que estaba
en el ápice de la historia de mi vida, un segundo
premio Pulitzer seguramente. Pero no me tomó
mucho tiempo darme cuenta de que sería muy
afortunada si salía de allí con vida.

A partir de allí Mónica leyó el relato testimonial de Isabel sobre la campaña sangrienta de las guerrillas comunistas que habían tomado la tierra llena de problemas de Camboya. No importaba que tan sangrientas eran las escenas vistas personalmente por Isabel, ella había logrado plasmar cada suceso, cada momento en la memoria o en el papel. Mónica se maravilló por la fortaleza de esta mujer. No solamente había tenido el valor de ver las masacres que había cometido el Khemer Rojo en la vida real, sino que impávidamente trajo a la realidad todas estas terribles escenas para escribirlas en sus memorias.

Salí de Cambodia antes de darme cuenta, y
créame estaba contenta de salir de allí. Pero salí de
una situación terrible para pasar a otra peor.
Después de más de veinticinco años de guerra, con
más de un millón de vietnamitas y 56.000
norteamericanos muertos, Vietnam del sur estaba
siendo derrotado por las fuerzas de Vietnam del
norte y del Vietcong. Me enviaron de regreso al
Vietnam para cubrir el final de mi primera guerra.
Saigón a punto de caer... desde el punto de vista de
una periodista, era una historia grandiosa. Tenía

de todo: *guerra, muerte, tragedia, injusticia, pánico. La clase de acontecimientos del cual el
periodismo no tiene problema preparando un fan-
tástico reportaje. Me reuní con mi viejo amigo
Brian. Sus fotografías y mis palabras contaron la
historia horrorosa. La cosa curiosa es que el día en
que Saigón cayó, el día en que el famoso helicóptero
despegó del techo de la embajada norteamericana,
todo lo que yo podía pensar era el hecho de que mi
pequeña Sara se estaba graduando de segundo
grado ese mismo día.*

*El 30 de abril de 1975, yo era un testigo de la
historia. Pero lo que realmente quería observar
era a mi pequeña en su capa y su birrete hecho de
papel de construcción, en la plataforma recitan-
do el voto de lealtad. Quería ver esa sonrisa, esa
sonrisa con espacios y con dientes de leche... Le
hablé a Brian acerca de Sara mientras que veía-
mos el último helicóptero despegar del techo de la
embajada. Él tomó unas pocas fotografías, dijo
algo obsceno con una sonrisa maliciosa, y sugirió
que fuésemos y tomásemos una copa antes de que
los comunistas prohibieran el licor para siempre,
aquí en el nuevo paraíso de los trabajadores. Pensé que tenía razón, por lo tanto eso fue lo que
hicimos. Había muchas noticias el día siguiente y
yo las cubrí en medio de los efectos del licor.*

*El resto del año fue exactamente tan
disparatado como el comienzo. De regreso a la
base del Pacífico el periódico decidió que yo estaba
en perfecta posición para cubrir la última noticia:*

la independencia de la isla de Papua, Nueva Guinea… No me juzgue mal. Yo estaba entusiasmada por la Nueva Guinea, pero quería regresar a casa. Extrañaba a Sara demasiado. Escribí mi reportaje y asistí a una agradable fiesta después. No había noticias el día siguiente, lo cual fue muy bueno, si usted entiende lo que quiero decir…

Isabel llegó a San Francisco el día en que el Buró Federal de Investigaciones finalmente capturó a Patty Hearst quien había sido secuestrada el año anterior por el Ejercito de Liberación Simbionés. Muy en contra de su voluntad, Isabel fue enviada a cubrir esa historia.

Estando aún en la costa oeste, lejos de casa, le asignaron la historia más extraña de su carrera. Isabel fue enviada a cubrir la pelea por el campeonato mundial de peso completo entre Muhammed Alí y Joe Frazier. La famosa "trilla" en Manila. Alí noqueó a Frazier en el decimocuarto asalto, lo que comenzó una fiesta que duró por algún tiempo.

Ellos toman algunas cosas muy raras en las Filipinas –continuó leyendo–, *pero una vez que la fiesta se acabó, gracias a Dios todavía tenía suficientes células cerebrales para recordar que tenía que conseguir para Sara fotografías autografiadas de Alí y Frazier. En esta oportunidad, viajé de regreso a casa…*

Mónica no estaba muy segura de lo que podría hacer con toda esta información. Ella tenía la sensación de que por un lado Isabel estaba orgullosa de su costumbre de tomar bebidas alcohólicas. Que ella creía aún que era un tipo de escudo de honor, un talismán que probaba que ella había sido aceptada por el club de los muchachos y que ella podría cubrir una guerra, una pelea por el título o una masacre y que además podía tomar al punto de dejar al mejor tomador dormido bajo la mesa. Sin embargo, Mónica también tenía la sensación de que Isabel sinceramente se sentía mal acerca de la forma en que se comportaba, que estaba avergonzada de la forma en que había abandonando a su hija, y arrepentida frente a su propia ambición.

...pero no estuve en casa por mucho tiempo. En noviembre estaba de regreso en Europa para cubrir la muerte del último líder totalitario de Europa occidental, el Generalísimo Francisco Franco de España. La historia dice que cuando Franco estaba en cama a la hora de su muerte en su palacio, oyó la algarabía de una gran multitud que se reunía en la plaza fuera de su ventana. Él llamó a un sirviente y le preguntó qué estaba ocurriendo. "Su pueblo, generalísimo, se está reuniendo para despedirse". A lo que replicó Franco: "¿De veras? ¿A dónde van?"

La verdad fue que no vi muchas lágrimas derramadas por el viejo General. Por supuesto, no me quedé mucho tiempo después de que falleció. En el Líbano acababa de comenzar una sangrienta guerra civil y yo estaba en camino para cubrir lo que consideré mi segunda guerra. No cuento los sucesos que vi en Camboya como guerra, ya que eso no fue guerra, eso fue un asesinato, puro y simple.

Así continuaba el manuscrito. Mónica lo leyó página tras página. No parecía haber habido un evento de esa década que Isabel no hubiera reportado en una forma u otra. Algunas veces era despachada para cubrir un viejo terreno, su periódico parecía asignarle algo en el Oriente medio o en el lejano Oriente, y otras veces, ella simplemente estaba en el lugar y en el momento perfecto cuando las noticias estaban sucediendo.

Así siguió, año tras año. Tenía una vida llena de éxito y vi algunas cosas muy increíbles. Al mismo tiempo, como madre, mi corazón estaba quebrantado. Cuando pienso en las muchas cosas pequeñas que no vi a mi pequeña hacer... aquellos cumpleaños de su niñez que me perdí aún traen lágrimas a mis ojos. Un año, en 1978, pensé que lo había arreglado todo. Llegué a casa una semana antes de la Navidad y logré comprar todos los regalos, alisté los ingredientes para la cena de Navidad y envolví todos los regalos. Sara, mi madre y yo decoramos el árbol la noche de Navidad y una vez que Sara se fue a la cama, me senté a tomar algunos sorbos de ponche de huevo mientras armaba uno de los juguetes de niños más complicados: una bicicleta. (Déjeme recalcar aquí, que el ponche no es la mejor bebida para tomar mientras

usted lee letra pequeña, y manipula hierros e ins-
trucciones complicadas.) De cualquier forma, la
armé y me fui a la cama solo para ser despertada
una o dos horas más tarde. Sara se había levanta-
do y quería abrir sus regalos. Era lo correcto. Mi
madre y yo nos levantamos con ella, y nos sentamos
en la sala mientras que mi hermosa hijita abría
los regalos. Ella rompía el papel del primer regalo
cuando el teléfono timbró.

Las tres quedamos congeladas. Todavía puedo
ver la mirada en la carita de Sara, era una mi-
rada angustiosa, con la cual me rogaba no
contestar el teléfono... Bueno, yo contesté el teléfo-
no. Era, por supuesto la oficina internacional de
Nueva York. Vietnam había escogido la maña-
na de Navidad para invadir Camboya. Con el
llanto de Sara aún retumbando en mis oídos, me
fui a mi tercera guerra.

Al atardecer del día siguiente, Isabel salió de su
cuarto como si nada hubiera pasado. Ella no daba
ningún indicio de que levantarse tan tarde se debía a
algo más que el hecho de estar un poco más cansada
de lo normal. Se preparó una taza de café y se derrumbó en la sala a leer el periódico. Mónica ya lo
había leído y antes de leerlo había pensado que si se
encontraba allí la nota sobre la celebración del centenario, ocurriría lo peor.

Pero Isabel se había ido a vivir después de su retiro

a un pueblo tan pequeño que el periódico local no iba a hacer comentarios fuera de tono de su única habitante ganadora del premio Pulitzer. Todo el mundo sabría muy pronto que la hija más famosa de ese pueblo había ido totalmente borracha a la feria municipal sin tener que leerlo en el periódico. La única persona que parecía no haberse dado cuenta de que las noticias se regaban como pólvora en el pueblo era Isabel. Más bien, parecía estar contenta con la forma en que su actuación había sido descrita, y si pensó que ella había sido el centro de la humillación pública, no dio señas de percatarse de ello.

Con algo de orgullo, Isabel leyó la narración de la celebración en voz alta para Mónica: "Los comentarios del alcalde fueron seguidos por las reflexiones humorísticas y ásperas de la periodista ganadora del premio Pulitzer".

"¿Oyó eso? 'Ásperas' –repitió ella–. ¿Se da cuenta? Ellos me adoran… no sé por qué Sara estaba haciendo tanto escándalo ayer".

Ella miró nuevamente el periódico y leyó de nuevo la pequeña columna.

"¿Sabe? Estoy sorprendida de que sepan como deletrear *ásperas*".

Si era un chiste, Mónica rehusó dejarse envolver en él.

–Me sorprende que usted considere la palabra *áspera* como un cumplido –dijo Mónica–. Siempre creí que un comportamiento áspero no era algo por lo cual luchar.

–¡Uf! Parece como si alguien se tomó una píldora

TOCADO POR UN *ANGEL*

desagradable esta mañana a primera hora –gruñó Isabel.

Antes de que Mónica pudiera contestarle, el timbre de la puerta sonó.

–Yo abriré la puerta –dijo ella mientras se levantaba del sofá.

–No se moleste –dijo Isabel, volviéndose al periódico–. Seguramente no es nadie importante.

Mónica sabía exactamente quién era y continuó hacia la puerta del frente. Isabel levantó la cara.

–¿Qué le dije, Mónica? Le dije que no abra la puerta.

Mónica se volvió hacia Isabel con una mirada llena de tristeza. Ella había empezado a apreciar a Isabel. Su sabiduría al escribir y su interés genuino por los demás, estaban frecuentemente escondidos detrás de una falsa arrogancia y su tendencia dominante. Mónica se sintió triste por la anciana. Una bomba estaba a punto de caer y ella no tenía la menor idea de lo que iba a ocurrir.

–Lo siento, Isabel –dijo Mónica deliberadamente–. Pero esta vez tengo que hacerlo.

Isabel frunció los hombros y regresó a su periódico. Lo que molestaba a Mónica *no* la incomodaba a ella.

Momentos más tarde Sara, Mónica y Beatriz llegaron al salón. Un silencio pesado llenó el cuarto. Beatriz miró a su mamá con temor en los ojos y agarró su conejillo de juguete fuertemente contra su pecho.

Isabel estaba sorprendida por las graves expresiones.

–¿Ha sucedido algo malo? –preguntó ella.

Sara respiró profundamente. La sangre palpitó en sus venas y su lengua la sintió pesada. Iba a ser difícil hablarle a su madre en la forma en que lo iba a hacer, decirle la verdad perturbadora a una madre atormentada. Era un cambio en los papeles. La hija había llegado a ser la madre que educaba y que se preocupaba, la madre había llegado a ser la hija obstinada e incontrolable.

–Mamá –comenzó Sara–. Estamos aquí porque... porque la amamos.

Isabel no era una tonta. Ella sabía que su hija y su nieta habían venido para decirle mucho más que eso. Cosas que posiblemente ella no quería escuchar.

–Bueno –dijo ella con una tenue sonrisa–. Lo mismo. Yo también las amo.

Ella se volvió a su periódico.

–Ahora si me disculpan. No quiero parecer mal educada, pero tengo mucho trabajo que hacer. Las veré más tarde. ¿Les parece bien? ¿Sara? ¿Beatricita?

–¡No mamá! –dijo Sara–, esto es algo que no puede esperar hasta más tarde.

Ella se sentó en el sofá, junto a su madre y dejó que Beatriz se sentara en sus piernas.

–Estamos preocupadas por usted –dijo ella–, y no sabemos ninguna otra forma de dejárselo saber.

–Díganme: ¿De qué está usted preocupada? –preguntó Isabel con su voz cortante y furiosa–. Sara, si yo fuera usted, estaría más preocupada acerca de su propia vida.

Sin embargo, en esta oportunidad Sara no estaba dispuesta a dejarse manipular.

–Estamos preocupadas por usted y su forma de tomar –dijo Sara firmemente–. Algo tiene que hacerse al respecto. Aquí y ahora. Usted no puede ignorarlo más y nosotras tampoco.

Sara sintió que se quedaba totalmente sin respiración; había hecho un esfuerzo muy grande para pronunciar las palabras que acababa de decir.

Isabel no dijo nada. Se reclinó sobre el sofá mientras descansaba su cabeza sobre su mano y miraba a su hija firmemente. Por un momento pensó que ella había perdido los cinco sentidos. En ese momento, su ángulo de mirada cambió y sus ojos se abrieron desmesuradamente. Una completa extraña, una mujer entre los treinta y cuarenta años de edad, acababa de entrar en la sala de su casa.

–Ahora, dígame: ¡¡Quién es usted!? –demandó Isabel–. ¿A qué se debe todo esto?

–Ella es Anita –dijo Sara tan tranquilamente como pudo–. Ella es una consejera en el Centro de Nueva Esperanza y está dispuesta a orientarnos sobre cómo ayudarla.

Anita era una veterana de docenas de intervenciones con familias de alcohólicos y drogadictos. Ella nunca sabía qué clase de respuesta iba a recibir, pero siempre estaba lista para lo que fuera. Hoy, había traído una gran cantidad de hojas, junto a lo que parecía ser unos dibujos hechos por Beatriz.

"Hola, Isabel –dijo ella con confianza–. He hablado con su familia y ellos me han expresado su amor por usted. Es un amor muy grande y genuino".

Isabel estaba mirando a Anita como si ella estuviese hablando un idioma extranjero. Anita continuó a pesar del increíble silencio de Isabel.

"Pero ellas también creen que su forma de tomar está afectando su relación con ellas. Ellas han acordado que si usted no obtiene algún tipo de ayuda con su problema, no podrá seguir siendo parte de sus vidas. Ellas le han escrito cartas acerca de sus sentimientos y cómo su forma de tomar las ha afectado".

Ella le ofreció los escritos que tenía a la mano.

"¿Le gustaría leerlos ahora?"

"Yo añadí al mío algunos dibujos" –dijo Beatriz con una voz muy suave.

Más que cualquier cosa que hubiese dicho Anita, fueron las palabras de Beatriz las que más profundamente afectaron a Isabel. Ellas habían logrado poner a su nietecita en contra de ella. Isabel sintió que la ira se iba apoderando de la parte más profunda de su ser.

"Isabel –continuó Anita tranquilamente–, después de que lea sus cartas, Sara y yo hemos hecho arreglos para llevarla al Centro de Nueva Esperanza donde usted puede comenzar su programa de rehabilitación del alcoholismo".

Sin mover un solo músculo, Isabel miró a su hija; su mirada era fría y dura. Ella habló lenta pero muy claramente.

–Sara, esta es la cosa más estúpida que ha hecho en toda su vida –dijo ella.

–Mamá –replicó Sara–. Por favor, trate de entender. Queremos ayudarla. Le ruego que escuche lo que le estamos diciendo.

–¿Ayudarme? –dijo Isabel con su voz aún en tono

bajo, pero aumentando en intensidad–. Ustedes están tratando de controlarme y yo no lo voy a permitir. ¿Me entienden? ¡No lo permitiré! Lo que yo hago en la intimidad de mi casa no es algo que les concierna a ustedes.

–Ese es precisamente el punto, Isabel –dijo Anita–. Ya no está ocurriendo solamente en su casa. Sus problemas están afectando a todas las personas que la aman.

Isabel había perdido el control y estaba gritando.

–¡Y permitirle a esta extraña usar a mi nieta para hablarme respecto a un problema que usted ha tenido conmigo! ¡Eso es imperdonable! ¡Nunca pensé que usted pudiera caer tan bajo! –dijo Isabel mientras señalaba a Sara con un dedo acusatorio.

–Mamá –le respondió Sara en voz alta–, su alcoholismo también la está afectando a ella. Pero usted ni se ha dado cuenta.

La voz de Isabel ahora se había transformado en casi un murmullo mientras les daba la espalda a todas ellas.

–¡Salgan de mi casa! –les dijo.

El tono de su voz pudo haber sido bajo, pero lo que dijo lo hizo con una ira profunda, enardecida.

Anita trató por última vez de hacerla entender.

–Isabel, entienda que su familia no tendrá contacto con usted hasta que esté lista para admitir que tiene un problema y que está lista para hacer algo para solucionarlo.

Isabel giró rápidamente.

–¡Ya les dije: salgan de mi casa! –gritó con toda su fuerza.

La intensidad de su ira producía temor. Sara estaba próxima a las lágrimas y Beatriz estaba tan asustada que escondió su cara en la falda de su mamá y empezó a temblar. Solo Anita permaneció firme y confiada. Ella había visto cosas peores como consejera: mucha ira, gritos más fuertes, aun violencia física.

Mónica se metió para tratar de calmar a Isabel.

–Isabel, por favor... usted tiene que... –hizo un último intento para hacerla razonar.

Pero Isabel estaba airada que no escuchaba a Mónica ni a nadie.

–¡Salgan! –gritó ella, con un tono de voz agudo y penetrante–. ¡Salgan todas! ¡Y no regresen!

–Usted también. ¡Salga de aquí! ¡Salga de mi casa! –dijo Isabel mientras señalaba con el dedo a Mónica, como si le apuntara con un rifle.

Sara alzó a Beatriz, y madre e hija se dirigieron hacia la puerta. También Mónica, asustada por la explosión de ira, se retiró. Anita se mantuvo en su lugar lo suficiente como para hacer su comentario profesional. Ella sacó una de sus tarjetas de presentación de su bolso y la depositó en la mano de Isabel. En la confusión, Isabel la tomó, sin estar segura de lo que era.

–Estoy en este número telefónico, disponible las veinticuatro horas del día –dijo Anita con compasión–. Cuando esté lista, llámeme. Podemos dejar todo esto atrás. Podemos comenzar otra vez...

Isabel estaba loca de ira.

–¡Fuera! –gritó–. ¡Fuera! ¡fuera! ¡fuera! ¡fuera!

Después que ellas salieron, la casa parecía muy

silenciosa pero en alguna forma retumbaba con los sonidos causados por los gritos de Isabel. Ella anduvo por el salón como agitada por electricidad. Todavía estaba airada, humillada y furiosa. Airada de que ella, Isabel Jessup, periodista, ganadora de múltiples premios, una mujer tan conocida que podía tomar el teléfono y hacer que *presidentes* aceptaran su llamada, hubiese sido tan humillada y mortificada por su propia familia. Ella sintió la tarjeta de Anita en su mano y la rompió en muchos pedazos, luego la tiró en la chimenea. Isabel se detuvo fría ante la chimenea y miró las fotos allí colocadas, dándose cuenta de que lo que la había molestado más era que ella había asustado a su nietecita, su orgullo, alegría y seguridad, y había perdido su lugar de respeto frente a los ojos confiados de ella.

Las lágrimas corrieron por sus mejillas con facilidad cuando admitió que ella, la grandiosa Isabel Jessup, la *legendaria* Isabel Jessup, lo que realmente necesitaba era un buen trago.

Capítulo siete

No fue fácil para Mónica regresar a la mañana siguiente a la casa de Isabel. La vehemencia y la furia de la anciana parecían todavía permanecer en la atmósfera y Mónica podía aún escuchar la voz insultante de Isabel en sus oídos. Cautelosamente entró a la casa, asomándose por la puerta. Esperaba ver a Isabel para poder anunciarse en lugar de irrumpir dentro de la casa sin invitación

"¿Hola? –llamó ella–. ¿Hay alguien aquí?"

Ella difícilmente podía ver dentro de la casa debido a la oscuridad reinante.

"Isabel... ¿Está usted ahí? Soy yo, Mónica".

Mónica con vacilación dio otro paso dentro de la casa. Había silencio y el aire estaba enrarecido. Se notaba un pesado olor a humo de cigarrillo. Ella dio otro paso.

"¿Isabel...?"

Isabel no contestó. Mónica caminó hacia dentro de la casa y se detuvo. A sus pies estaban las cartas que Sara y Beatriz habían escrito para explicar sus sentimientos hacia Isabel y su problema de alcoholismo. Se agachó y las recogió. La carta de Sara había sido escrita en una letra tan clara que podía haber sido considerada una copia perfecta de la propia escritura de su madre. Mónica no pudo evitarlo y leyó unas pocas líneas:

> *...esos cumpleaños y navidades. Yo entendía que usted no podía estar allí. Yo estaba orgullosa de usted y de su trabajo. Por allá, en 1978, ¿cuantos años tenía yo? ¿nueve? ¿diez? Yo sabía que usted tenía que salir. No tenía razón para odiarse a sí misma o sentirse culpable por mí. Esa era nuestra vida entonces y yo la acepté. Hoy mamá, es una historia diferente. Su alcoholismo la va a matar, pero antes de que la mate, va a matar a nuestra familia...*

Mónica se dio cuenta de la realidad de estas palabras y de que venían de lo profundo del corazón de Sara. Ella sabía que Sara se estaba forzando a sí misma, y a su madre, a enfrentar la verdad no importándole cuán dura pudiera ser esa verdad. Simplemente tenía que hacerlo.

El papel arrugado de Beatriz fue aún más doloroso para el corazón de Mónica. La pequeña había trazado una serie de dibujos con lápiz de color, cada uno había sido hecho con la sinceridad de un niño y con un propósito claro y excepcional, sin importar la crudeza con que había sido ejecutado. Un dibujo brillante hecho con una mezcla de colores naranja y morado, dejaban ver a una mujer profundamente dormida, mientras una niña diligentemente trataba de despertarla. Una frase escrita debajo del cuadro decía: "Mi abuelita no se quiere despertar para jugar". Otro dibujo mostraba a las tres mujeres reunidas alrededor de la mesa del comedor. Una jarra grande, medio vacía, estaba claramente marcada *"té helado"* y un tubo blanco en la mano de Isabel estaba marcado con la palabra *"cigarrillo"* seguida por una palabra en paréntesis: *"malo"*. Una flecha señalaba a Sara y estaba marcada con la palabra *"mamá"*. Su mamá no parecía feliz. Ni tampoco el dibujo de la pequeña marcado con *"yo"*. El siguiente dibujo describía la escena que había ocurrido pocos días antes cuando Isabel tumbó la torta de cumpleaños de las manos del mesero en el restaurante. El dibujo dejaba ver que la niña sabía que algo malo acababa de ocurrir, algo peor que la sencilla caída del pastel.

El último dibujo era el más inquietante. En la mejor forma posible en que la pequeña lo podía representar, Beatriz había tratado de dibujar una discusión entre Isabel y Sara. Mientras Mónica estudiaba el dibujo, podía percibir que Beatriz estaba tratando de sobrepasar los límites de su habilidad para representar la ira en esas dos caras adultas por medio de las pinceladas de un lápiz. Beatriz misma era una figura muy pequeña de cuclillas en una esquina lejana con puntos azules fluyendo de sus grandes ojos, dando a entender lágrimas de incomprensión. "Oh, Beatriz –susurró Mónica, mientras las lágrimas brotaban de sus ojos–. *¡Pobrecita! ¡Pobrecita!"*

Ella dobló los dos pedazos de papel y caminó un poco más adentro de la casa.

"¿Isabel? ¡Soy yo, Mónica! ¿Está usted aquí? ¿Está usted bien?"

Isabel estaba tendida en el sofá de la sala, todavía vestida con la ropa que había usado la noche anterior. En la mesita de café próxima a ella había una botella de whisky vacía y un cenicero lleno hasta más no poder.

"Oh no, Isabel –dijo Mónica. Ella pudo notar que Isabel estaba más en un estupor que dormida–. ¿Cómo puede usted hacerse tanto daño?"

Meneando la cabeza, Mónica se dirigió hacia la cocina desordenada de Isabel. Ella sabía que el café era algo que a la gente le gusta en la mañana al despertarse. También sabía que era algo que se le da a los bebedores para tratar de volverlos a la sobriedad. Mónica iba a hacer su primera taza de lo que Tess llamaba "café regular".

–No pienso que usted deba darle eso a ella –dijo Tess.

Tess estaba parada en una esquina de la cocina, recostada sobre la mesa, mientras observaba los intentos fallidos de Mónica de armar la cafetera.

–El café no la pone sobria –continuó–. Solo la despierta y su amiga no va a querer sentirse muy despierta. Lo que ella va a desear es algo que le quite ese terrible dolor de cabeza que la va a despertar y algo que la haga sentir un poco más humana otra vez. Como el alcohol deshidrata, ella va a tener mucha sed.

–¡Ah, Tess, me agrada mucho verla! Estoy muy

asustada, las cosas no salieron bien ayer. La escena que hizo Isabel fue muy horrible.

–Lo sé, lo sé –dijo Tess mientras asentía con la cabeza–. En primer lugar, ¿por qué piensa que yo estoy aquí? ¿Tiene jugo de tomate? Eso es lo que la paciente va a buscar. ¡Créame! –dijo Tess mientras miraba alrededor de la cocina.

Mónica atravesó la cocina y abrió la puerta del refrigerador. Frunció el ceño, mientras buscaba en los estantes casi desocupados.

–¿Jugo de tomate? –dijo ella–. No lo creo. No creo que Isabel sea el tipo de persona que toma jugo de tomate.

Mónica cerró la puerta del refrigerador.

–¡Aquí no hay jugo de tomate! –dijo desconsoladamente.

–¡Ah, no se preocupe! –dijo Tess–. Yo misma lo prepararé.

Una botella de jugo de tomate frío, un huevo crudo, algunos condimentos y un pequeño recipiente con rábano picante aparecieron de la nada.

Ella preparó su bebida con habilidad.

–Aquí nosotras tenemos mucho té helado –dijo Mónica–. Parece ser la bebida preferida de la casa.

–Eso debió haber sido una sorpresa –dijo Tess riéndose, mientras preparaba su remedio para los efectos del alcohol.

–¿Por qué no me habló de su alcoholismo desde el principio, Tess? –preguntó Mónica–. ¡Caramba! Yo no pude darme cuenta de cuál era su problema. Una mujer hermosa, con una hija inteligente, una nieta adorable, una carrera interesante; ella, capaz de expresarse y también muy divertida. Creí que era algo que tenía que ver con la soledad, habiendo perdido a su esposo y todo. Entonces descubrí el té helado... Hubiera deseado haberlo sabido desde el comienzo. Usted debía haberme dado una idea, por lo menos.

Tess pensó por un momento.

–Bueno, cuando usted conoció a Isabel, conoció a la *verdadera* mujer. No a la alcohólica. Se da cuenta, hizo amistad con una mujer muy fuerte, talentosa e interesante. Si hubiera sabido con anterioridad lo que sabe hoy, habría visto a la alcohólica y no a la mujer verdadera.

Tess hizo una pausa por un momento para romper el huevo en el borde del vaso y mezclarlo en la bebida que estaba preparando.

–El alcohol esconde muchas cosas, Mónica –continuó–. Esconde a la persona que está tomando, mientras que minimiza al bebedor. Yo quise que usted conociera a Isabel Jessup, la mujer. Es a ella a quien amamos, a quien deseamos ayudar aquí.

–Pero ella no quiere ayuda –dijo Mónica–. Créame, lo ha dicho muy claramente...

–Entonces depende de usted ayudarla a desear la ayuda –dijo Tess–. Guíela al camino que el Padre celestial tiene para ella.

–Esto puede tomar años –respondió Mónica–. Yo no conozco muy bien a Isabel, pero sé que cuando se pone firme, no la pueden mover. Esta podría ser una tarea muy larga.

–¿Usted adelantó algo? –preguntó Tess.

–¡No! No es eso –dijo Mónica–. Es que es tan terrible verla destruirse de esta manera. Podría seguir y seguir…

–Bien, piense en lo que ella cree –dijo Tess–. Ella es inteligente. ¿Supone que piensa que lo que está haciendo es normal? ¿Puede imaginarse como se siente al despertarse cada día y darse cuenta de que se está matando con cada trago? ¿Que su familia se preocupa por ella, pero que ellos no pueden hacer nada? O, ¿cómo se siente ella de mal cuando se ha dicho a sí misma que nunca más volverá a beber… y entonces se da cuenta de que no tiene la fuerza de voluntad para dejar de tomar, para luchar contra eso que la está haciendo infeliz a ella y a todos los que la rodean? He conocido a muchos bebedores en mi vida, Mónica, es un círculo vicioso. Ellos son los únicos que se pueden salir de ese remolino desagradable.

–¡Ah! Tess, ¡eso parece tan imposible…!

Ni Tess ni Mónica se dieron cuenta de que mientras ellas hablaban, Isabel se había despertado y estaba de pie en la puerta de la cocina. Por supuesto, ella no podía ver a Tess; por lo tanto, todo lo que podía decir era que Mónica estaba en la cocina teniendo una animada conversación consigo misma.

"Ella ha regresado –dijo Isabel, sonriendo levemente–. Mi carita radiante, y le gusta hablar consigo misma exactamente como yo lo hago. Lo cual no es cómodo. Se lo puedo asegurar".

Tess no se molestó en virarse.

–Creo que las voy a dejar solas por ahora a las dos –le dijo Tess a Mónica, quien estaba triste por verla partir. Pero esta era su tarea y ella tendría que encontrarle una solución. Ella sabía en su alma y en su corazón que nada es imposible para Dios.

–¡Isabel! –dijo Mónica simulando estar muy feliz–. ¡Ya se levantó!

–Solo me quedé dormida –dijo Isabel–. No he muerto ni he entrado en coma.

–Lo siento...

–¿Lo siente... que yo no morí o entré en coma?

–¡No! Por supuesto que no –dijo Mónica con una sonrisa–. No sea tonta. Usted sabe lo que quise decir...

Isabel entró en la cocina. Aunque estaba a dos metros de distancia, Mónica podía oler el rancio cigarrillo. Los ojos de Isabel estaban muy enrojecidos y su piel amarillenta. Ella se veía y tenía un olor terrible, sin embargo, quería que Mónica notara quién era la ama de esta casa.

–Bueno Mónica, si insiste en quedarse aquí, usted puede hacer algo útil.

–Por supuesto –dijo Mónica–, ¿qué puedo hacer por usted, Isabel?

–Me serviría mucho un cóctel con jugo de tomate –replicó Isabel–. Uno con una saludable dosis de alcohol en él.

Mónica levantó el vaso en el que Tess había estado trabajando.

–Bueno, aquí está uno... pero me temo que está sin una gota de alcohol.

Mónica sonrió, preguntándose si a Isabel le molestaría tomarse un huevo crudo en su bebida. Ella decidió no preguntar.

Isabel tomó el vaso agradecida, lo olió y se quejó.

–¡Uf! –dijo ella–. Me recuerda a Moscú en los días de Gromiko. Una ciudad sin alcohol y un nombre tan aburrido que no sabría ni cómo deletrearlo.

Isabel se volvió, tomó una botella de vodka del estante y empezó a quitarle la tapa.

–Esta bebida necesita una cirugía mayor.

Mónica avanzó un poco hacia ella y puso su mano para evitarle abrir la botella.

–Isabel –dijo con una mirada de interés genuino en sus ojos–. ¿No se cansa de sentirse en esta forma? ¿No se da cuenta lo que este comportamiento le está haciendo a usted? La va a matar... y usted tiene mucho por lo que vivir.

La mirada en el rostro de Isabel se endureció y su voz estaba fría.

–Usted sabe dónde está la puerta.

–Se lo digo porque me preocupo por usted.

Mónica agachó la cabeza y miró al piso herida por el veneno que había en las palabras de Isabel. Pero no le importaba cuánto la herían sus palabras y aunque sabía dónde estaba la puerta, no tenía la menor intención de irse hasta que Isabel entrara en razón.

Isabel no estaba todavía lista para lidiar con la realidad, pero podía notar que había herido los sentimientos de Mónica. Ella respiró profundamente y trató de aparentar calma y ser razonable.

–Muy bien –dijo ella–. Estoy realmente arrepentida de lo que sucedió anoche y puedo entender su preocupación por mi bienestar. Pero parece ser mucho peor de lo que realmente es, ¿me entiende?

–Pero Sara...

Isabel ondeó su mano con desprecio, como si físicamente estuviese empujando a su hija a un lado.

–Sara –dijo ella con una pequeña sonrisa–. ¿Qué sabe ella de la vida?

–Ella se da cuenta de lo que pasa –protestó Mónica–. Creo que la subestima y no se da cuenta de que sus intenciones son buenas. Ella piensa mucho en usted.

Pero Isabel no estaba convencida.

–Sara siempre se altera demasiado, Mónica. Yo he aprendido como tomar. He tenido que hacerlo.

–Nadie tiene que tomar –insistió Mónica–, y en cuanto a aprender cómo tomar...

–Escúcheme –dijo Isabel–. Cuando digo que tuve que aprender cómo tomar, eso es precisamente lo que quiero decir. Yo *tuve* que aprender.

Ella le dio un golpe firme con la mano a la mesa.

–No era fácil ser una mujer en mi profesión y aún no lo es, pero créame Mónica, cuando estaba comenzando era realmente un club de muchachos.

Ella miró a Mónica fríamente a los ojos.

–Si usted quería formar parte del club, tenía que tomar. ¿Me entiende? Estos reporteros en los cuerpos internacionales de noticias, no me importa si eran de Moscú, Londres, Madrid, Saigón, Seúl, Roma, Atenas o de cualquier otra ciudad que le plazca, cuando la pequeña señorita Jessup comenzaba a cubrir una de las grandes noticias, los muchachos del club empezaban a observarla. Ellos buscaban signos de debilidad, un resbalón, un error. Yo le conté acerca de mi bienvenida en el club de Saigón, era igual en todas partes.

"Lo que realmente querían eran lágrimas, pero nunca lloré y nunca rehusé tomar. Llegué a formar parte del club. Y era buena, tan buena como cualquiera de ellos…"

Ella se alejó de Mónica y se quedó en silencio.

–Y… ¿Por qué lo hace todavía? –preguntó Mónica–. No tiene en este momento que probarle nada a nadie.

Isabel encogió sus hombros pero no se devolvió.

–Las cosas cambian. Se pone más vieja… La idea de subirse en un transporte militar y de volar hacia… No sé, Bosnia, no es tan emocionante como solía serlo.

Ella se volteó y suspiró.

–El único problema es que pasé por una racha de unos años malos, por eso estoy en casa mucho tiempo sola y… muy bien, posiblemente ahora tomo un poco más de lo que solía tomar. Sara ve esto y saca sus conclusiones.

Ella puso un poco más de vodka en su brebaje de jugo de tomate.

–Mónica –dijo ella–, en realidad no debe preocuparse por eso.

Ella dio un sorbo y tembló como si tuviera escalofrío.

–¿Ha estado usted en una reunión a alto nivel entre los Estados Unidos y la Unión Soviética? ¡No! ¡Por supuesto que no! Yo cubrí la reunión de Armas Estratégicas entre Nixon y Brezhnev en 1972, y casi media docena más desde esa época.

Ella tomó otro sorbo de su bebida matinal.

–Esas fueron las únicas oportunidades en las que

vi hacer historia en una forma más aburrida de lo que se pueda creer. Primero, el lado de ellos se pone de pie y pronuncia su perorata comunista. Luego, nuestro lado se pone de pie y pronuncia su perorata capitalista... después nada pasa mientras que el Ministro de Relaciones Exteriores y el Secretario de Estado hablan en voz baja, tras las puertas cerradas durante unos pocos días, de repente, ¡cataplum! Tenemos un tratado. Como el CLAE o algo parecido.

–¿CLAE? –preguntó Mónica.

–Conversaciones sobre la limitación de armas estratégicas –dijo Isabel–. El tratado que se suponía debería salvarnos de la destrucción nuclear. Sin embargo, nosotros gastamos más que los soviéticos y todo su sistema se derrumbó. La última reunión a la que asistí, fue con Reagan en 1984. La cosa más inteligente que hice en esa reunión fue llevar a Sara conmigo.

–¿Usted llevó a Sara a Rusia? –preguntó Mónica y luego añadió–. Sí, ella mencionó que usted había hecho eso.

–En Rusia ella estaba en su ambiente –dijo Isabel–. Pensé que le iba a entrar el gusanillo del periodismo y que después de esto, ella querría seguir los pasos de esta viejecita... Toda la prensa la quiso, aun los rusos. Y déjeme decirle algo, los cuerpos de prensa rusos son tan amorosos como ese refrigerador que está ahí.

–Dígame –preguntó Mónica–. ¿Qué hizo ella?

Isabel se rió.

–Ella acababa de entrar en la universidad... y cómo se suponía que yo iba a saber que estaba estudiando ruso para llenar el requisito de idioma extranjero. Lle-

gamos a Moscú y de ¡repente mi pequeña empieza a
hablar el idioma! Yo puedo asegurarle, no estaba preparada para semejante sorpresa. Su ruso no era
perfecto, pero era lo bastante bueno y ¡los rusos estaban admirados! Además, ella sabía acerca de todo
lo que nosotras deberíamos ver en Moscú. Mónica,
yo había estado una docena de veces antes en Moscú
y ¡nunca vi otra cosa que el interior del bar del Hotel
Metropolitano! ¡Pero no fue así con Sara! Fuimos a
todos los lugares: La Plaza Roja, el Mausoleo de
Lenin, la Catedral de San Basilio, el Bolshoi, la Gale-
ría Tretyakov... Ella me hizo sudar tinta entre las
conferencias de prensa. Una vez me pasé de copas de
vodka y ella enfrentó a un policía que era un dolor de
cabeza, y quería llevarme a la versión rusa de la chirona.
Eso fue un acto de valor de ella porque esos policías
rusos no están para perder el tiempo, créame. Ella
mostró mucho coraje ese día.

–Usted admira eso –dijo Mónica.

–¡Seguro! –asintió Isabel.

–Bueno, también fue muy valiente Sara para hacer
lo que hizo ayer –dijo Mónica con seguridad tratando
desesperadamente de hacerla entender–. Ella arriesgó
mucho pero estaba preparada para hacerlo con tal de
ayudarla a usted. Hacerle frente a un policía ruso fue
probablemente más fácil que hacerle frente a usted ayer.

Isabel tomó un sorbo largo.

–¿Sí? Bueno, soy quien soy y ella parece que todavía no lo entiende. ¿No es cierto? Además, yo pude
controlarme allá en Moscú y también puedo controlarme ahora. No le pedí a Sara que me ayudara en ese

entonces, y no se lo estoy pidiendo ahora. ¿Usted me entiende, Mónica?

–Entiendo que Sara se metió a ayudarla sin que usted se lo pidiera en las dos oportunidades.

–A ella no le interesa –dijo Isabel–. Se dio por vencida con respecto a mí hace cien años.

–Eso no es cierto –dijo Mónica–. Usted sabe que no lo es. Sara nunca hubiese hecho lo que hizo si usted no le importara. Y ya que estamos hablando sobre el tema, la pequeña Beatriz también se preocupa mucho.

–¡Ah, muy bien! Usted lo sabe todo. ¿No es cierto?

Ella estiró su brazo y tomó la botella de vodka y echó un poco más del líquido incoloro en su jugo de tomate.

–Usted apareció aquí, ¿cuándo? Ayer, antes de ayer, y ya es una experta conocedora de mí, mi hija, mi nieta y toda mi familia. Solo dígame: ¿Quién se cree que es?

Mónica no quería discutir.

–Solo sé que su hija no solamente se preocupa por usted, sino que también está muy orgullosa de usted. Posiblemente ella le hizo frente al policía en Moscú porque no podía tolerar verla a usted humillada. Una pequeña estudiante universitaria haciéndole frente a un policía grandulón. ¿Qué le dice eso a usted?

–¡Uf! –dijo Isabel.

–Me hubiera gustado que hubiese visto su cara el otro día –continuó Mónica.

–¿Qué otro día?

–Cuando el alcalde hablaba de todos sus logros y

sus premios. Sara estaba tan orgullosa de usted, estaba rebosante de alegría. Yo la observé. Lo sé.

–Bueno –dijo Isabel, tomando otro trago de su bebida–. Seguramente ella tiene un modo muy curioso de mostrarlo.

"Traer una consejera de rehabilitación a esta casa, no quiere decir exactamente que Sara está orgullosa de su vieja mamá".

–Ella le está mostrando que la quiere lo suficiente para pelear por usted –insistió Mónica–. ¿Por qué no puede ver a través de su orgullo lo que ella está tratando de hacer por usted, Isabel?

Hubo un silencio largo y aunque Isabel trató de esconderlo, las palabras de Mónica habían logrado dar en el blanco. Era la primera abolladura en la sólida armadura de Isabel. Era mucho más fácil para ella cambiar el tema que enfrentar la realidad.

–Bueno –dijo finalmente–, vino usted aquí a trabajar o a charlar. Tengo un montón de cosas para que usted revise. Tengo que bañarme y salir a hacer varias diligencias.

Isabel tenía solo una diligencia por hacer. Tenía que ir a la casa de Sara y entregar el regalo de cumpleaños que había estado tratando de darle a su nieta toda la semana. Por supuesto, también quería observar la situación y obtener una mejor idea de la seriedad que había en las amenazas de Sara la noche anterior.

Después de una ducha larga y cálida, una dosis de

colirio en los ojos y un cuidadoso maquillaje en la cara, no había ningún parecido entre la Isabel que inteligentemente vestida se reflejaba en el espejo del baño y la destrozada borracha que había pasado la noche en el sofá.

Mientras Isabel manejaba en camino a la casa de Sara, se preguntaba cómo era posible que la tomaran por una alcohólica. Los alcohólicos eran personas de baja calaña, perdedores, que solo deseaban el próximo trago de vino barato o ginebra matarratas. Ella, por el contrario, hacía su trabajo, se mantenía en buena condición, y sus manos eran tan firmes como rocas. Claro, a ella le gustaba un trago al final del día, pero a quién no. Era una pequeña recompensa por todo el trabajo que había logrado hacer. Isabel logró olvidar que en ese día también había *comenzado* su día con un trago.

"¿Alcohólica? ¿Yo? ¡Ja!" –se dijo en voz alta en el auto.

Cuando ella llegó a la modesta casa de Sara, ya tenía la mente despejada y estaba enojada. No era un buen estado mental, si buscaba la reconciliación con las dos personas que más amaba.

Isabel estacionó su auto en la calle y cerró la puerta con fuerza detrás de ella. Muy enojada, caminó hasta la puerta y tocó el timbre como si fuera esta una declaración de guerra. Le dio una mirada al vecindario como cuando un general revisa el terreno donde una batalla se iniciaría pronto. Isabel hacía todo esto mientras golpeaba el piso con el pie y esperaba que le abrieran la puerta.

Sara miró con recelo a su madre a través de la ventana del portón de la casa, luego reunió todo el valor que tenía y procedió a abrir la puerta cautelosamente.

–Hola mamá –dijo ella mientras colocaba su cuerpo entre el borde y el marco de la puerta y en esta forma bloqueaba la entrada.

Isabel no tenía la menor idea que ella no sería bienvenida en la casa de su hija. Ella dio un paso hacia Sara, pero su hija le bloqueó la entrada a la casa. Isabel miró a Sara con sorpresa.

–¿De manera que ahora no puedo pasar? –dijo enojada–. ¿No soy bienvenida en la casa de mi propia hija?

–Mamá –dijo Sara–, solamente estoy tratando de ayudarla. Tiene que entender eso.

–Entonces, qué tal si me muestra un poco de amabilidad –respondió Isabel–. ¿Qué tal si me deja entrar?

–No puedo –replicó ella–. No puedo dejarle entrar y ya no puedo aguantar más lo que usted nos está haciendo.

Isabel sintió la presión de su ira ir en aumento, y no pudo evitar que el tono de su voz se elevara.

–Todo lo que estoy haciendo es tratando de entregarle a mi nieta su regalo de cumpleaños.

–¡Ella no puede aceptarlo!

–Está bien. ¿Por qué no se lo preguntamos a ella? –exigió Isabel–. Dejemos que sea ella la que decida.

Las dos mujeres, madre e hija, miraron dentro de la casa para ver si Beatriz estaba escuchando.

Sara bajó el tono de su voz hasta casi murmurar.

–Mamá, ¡no hasta que usted acepte alguna ayuda!

¡Ayuda profesional! Hasta entonces, no podemos tener nada que ver con usted. Lo siento, pero esa es la forma en que va a ser de ahora en adelante.

Ella tomó una decisión esta vez. No iba a dejar que su madre le endulzara el oído para que la dejara pasar a la casa o formar parte de sus vidas. No como estaba en ese momento.

–Lo siento mucho, de veras, lo siento...

–¿Lo siente? –dijo Isabel–. Usted no lo siente... está celosa.

Los hombros de Sara se inclinaron.

–¡Por favor! –dijo ella–. Usted de verdad no cree eso.

–Por supuesto, usted está celosa –contestó Isabel rápidamente–. Este es el tipo de drama que su padre hubiera hecho.

Ella estaba tan enojada y tan herida por las palabras de su hija y su decisión de no dejarla entrar, que casi tira el regalo de Beatriz en los escalones. Pero el regalo era el pequeño ángel de porcelana que tocaba el himno "Sublime gracia" y no había ninguna duda de que el delicado presente se hubiese vuelto añicos. Isabel sabía que no importaba lo enojada que estuviera con Sara, nunca sería capaz de herir a la pequeña Beatriz.

Isabel se enderezó tanto como pudo, reunió los restos de su dignidad, miró a su hija frente a frente y le dijo: "Muy bien, Sara continúe con sus jueguitos... Pero si piensa que me va a alejar de Beatriz para siempre, prepárese porque muchas más cosas pueden suceder".

Mónica hizo exactamente lo que Isabel le había dicho que hiciera. Regresó al estudio para trabajar en las memorias. La sección del manuscrito en la que ella estaba trabajando en ese momento era una colección de notas, documentos desordenados, cartas viejas y recortes de prensa que estaban en necesidad de algún tipo de organización. Ella comenzó a arreglarlos de acuerdo con la fecha, empezó con los que le parecían más antiguos y luego puso encima los más recientes.

La carta más reciente que ella encontró la hizo hacer una pausa y le produjo un dolor en el corazón al leerla. Era una carta del director de editoriales del periódico para el cual Isabel había escrito incontables artículos por muchos años, su casa periodística. Estaba fechada al comienzo de 1991.

...Siento mucho que me haya demorado tanto tiempo en contestarle pero las cosas han estado un poco desorganizadas por aquí, como usted se podrá imaginar. Por supuesto, el Pentágono no está diciendo nada sobre el problema entre Irak y Kuwait pero nuestras fuentes fidedignas nos han hecho saber claramente que habrá guerra en el Golfo y que va a ocurrir pronto. Claro que no tengo que contarle eso. Usted, vieja cazadora de noticias, le apuesto que ya se había dado cuenta de que la situación varias semanas antes que nosotros.

En cuanto enviarla al Golfo, lo he discutido con el comité editorial y hemos concluido que la Guerra del Golfo probablemente no es una tarea para usted puesto que ya ha tenido su parte de balas y morteros. Isabel, ¿por qué no se toma un descanso ahora y deja que algunos de los nuevos muchachos adquieran alguna experiencia? Si nuestra decisión cambia, o surge algo que nosotros consideremos que es más apropiado para usted, se lo dejaremos saber...

Mónica sabía lo que esto quería decir. Esto quería decir que Isabel había sido puesta fuera.

Capítulo ocho

Isabel abrió las dobles puertas corredizas que rechinaban y que conducían a uno de los cuartos de la casa, riéndose al escuchar la forma en que la vieja madera se lamentaba y rechinaba en los rodillos de bronce.

-Esta casa se está cayendo -dijo con una sonrisa entre dientes-. Se parece a la dueña.

-Las dos tienen carácter -dijo Mónica, quien la seguía hacia el cuarto.

-Yo le he dado a este cuarto el nombre de la biblioteca -dijo Isabel-. Suena grandioso, pero sé que parece un basurero.

Había estantes para libros desde el piso hasta el techo, todos ellos llenos con papeles y libros. La vieja mesa de caoba que había en la biblioteca difícilmente se podía ver bajo la gran cantidad de papeles. El cuarto parecía como lo que queda después de una avalancha.

-Mi sistema de archivo personal -dijo Isabel, mirando de reojo los montones de papeles.

–Lo sé –afirmó Mónica.

–¡De veras! –replicó Isabel–. Olvidé que usted ya está familiarizada con mi sistema de archivo.

Ella se detuvo en la mitad del cuarto con las manos en las caderas, mientras miraba a todas las cosas allí amontonadas.

–Yo creo que también debería darle el nombre de mi cuarto de trofeos.

Las paredes de la biblioteca estaban decoradas en forma similar a las del resto de la casa. Las paredes que no estaban cubiertas por estantes para libros, estaban llenas de certificados, premios y pergaminos, al igual que fotografías: Isabel con el presidente Johnson, Isabel con Martin Luther King Jr., Isabel con un montón de personajes importantes de la política y la diplomacia.

Pero una fotografía resaltaba entre las demás: Una foto de Isabel agachada, usando un uniforme completo de camuflaje y un bonete en su cabeza. Mónica notó que ella seguía una patrulla de infantes de marina norteamericanos los cuales se abrían trocha en una área de densa y oscura selva vietnamita.

–¿Estuvo usted en Vietnam? –preguntó Mónica–. No sabía que había estado en combate.

Isabel se rió y encendió un cigarrillo.

–¡Sí! Yo estuve en Vietnam, fue mi primera guerra. También estuve en muchas otras después de esa, inclusive en Granada y Panamá si usted las considera como guerras.

–Pero... ¿estuvo en combate con las tropas? –preguntó Mónica mientras estudiaba la foto con cuidado.

Isabel aspiró el cigarrillo y se rió mientras exhalaba el humo fuera.

–Usted va donde está la historia; y la historia estaba donde había batalla.

Ella inhaló nuevamente.

–No había razón para tratar de reportar la guerra desde Saigón. El Departamento de Estado y el ejército no le iban a dar a los reporteros las verdaderas noticias.

–¿Estuvo usted alguna vez bajo el fuego? –preguntó Mónica–. Es decir, ¿alguien le disparó?

–¡Claro que sí! –Isabel se rió de nuevo–. Pero ellos no me disparaban a mí –dijo ella–, por lo menos, no lo tomé personalmente.

Mónica meneó su cabeza lentamente. Era difícil creer que esta mujer fuera tan valiente frente a tanto peligro, pero que fuera tan cobarde en lo referente a su propia inseguridad y a su propia debilidad. A Mónica le parecía que para algunas personas era más fácil que les dispararan que enfrentar sus propias faltas y problemas.

–Yo no solamente hice reportajes desde tierra –explicó Isabel–. Volé con la fuerza aérea, los marines y la caballería aérea. Es decir, solo que les han quitado los caballos y les han dado helicópteros, sin embargo son vaqueros de corazón.

–No me lo puedo imaginar –dijo Mónica mientras sonreía–. Sin embargo, debió haber sido más seguro en el aire que en la tierra.

–¡Claro! –dijo Isabel con fingida indignación.

Ella buscó entre el desorden que había en el

escritorio y encontró una manija anaranjada unida a un cable de acero retorcido del que se usa para trabajo pesado de aproximadamente un centímetro de espesor.

–¿Tiene idea de qué es esto? –preguntó ella, entregándole el objeto a Mónica, quien le dio vueltas una vez lo tuvo en sus manos.

Las palabras *United States Navy* estaban impresas en letras grandes y negras en la manija.

–No tengo la menor idea –dijo Mónica–. Algo de naturaleza militar.

–Naturaleza militar... –Isabel se rió nuevamente–. Puede llamarlo así. Esa cosa es el pasador de seguridad del impulsador de mi asiento. Todavía lo tenía en la mano cuando al fin llegué a tierra...

Los ojos de Mónica se abrieron con interés.

–Isabel, ¿qué estaba usted haciendo? ¿Qué pasó?

–Yo volaba con un escuadrón llamado "Los intrusos", cuya base era un buque portaaviones apostado en el Golfo de Tonkín. Volábamos en una misión sobre Hanoi y recibimos una gran cantidad de fuego antiaéreo. Perdimos casi la mitad de la parte inferior del avión y no había forma de poder aterrizar esa cosa. El piloto me preguntó si yo quería ponchar en el agua o en la tierra –ella sonrió nuevamente–. Después que él me explicó que ponchar era una expresión que usaban para describir el proceso de eyección del avión, los dos escogimos ponchar en tierra –ella se encogió de hombros–. La marina me permitió quedarme con el pasador de seguridad. Dijeron que era lo mínimo que yo me merecía.

–Increíble –dijo Mónica.

–Todo durante un día de trabajo –dijo ella–. Bueno –añadió inmediatamente–, creo que es hora de un poco de té helado.

Mónica bajó la mirada, pero no dijo nada. No obstante, era claro que Isabel podía reconocer mucho en el pequeño gesto. Ella miró a Mónica por un momento y cruzó los brazos sobre el pecho.

–Cree que Sara está en lo correcto, ¿verdad? –dijo ella después de un momento.

–Sí, lo creo –dijo Mónica mientras asentía con la cabeza.

–Bueno, si quiero ver a Beatriz, creo que tengo que seguirles la corriente –dijo Isabel en tono bajo y suave–. Tendré que ir a una reunión o algo.

Ella miró a Mónica con el brillo en la mirada que la caracterizaba.

–No obstante, puede hacer constar que estoy totalmente en contra de esto.

–De acuerdo –dijo Mónica con una ligera sonrisa.

–¡Muy bien! –Isabel se encogió de hombros, como si se hubiera resignado a su destino–. Pienso que es mejor que busque la tarjeta de presentación que esa mujer dejó aquí anoche. La ridícula tarjeta que yo tiré lejos.

Isabel no recordaba en absoluto que había roto la tarjeta en mil pedazos. Pero Mónica tenia la solución.

–Aquí está –dijo Mónica y le entregó una nueva tarjeta de negocios en la que estaba impreso el número telefónico de Anita, la consejera del Centro de Nueva Esperanza.

Isabel la tomó y la estudió con cuidado.

–Ella debió haber dejado estas tarjetas por aquí como migas de pan.

Enderezó sus hombros y se dirigió hacia la puerta.

–Muy bien... lista o no, ¡aquí voy!

Mónica sonrió felizmente y puso el pasador de seguridad en el desordenado escritorio otra vez. Lograr que Isabel saliera de la casa no era mucho, pero ella tenía que estar agradecida por los pequeños logros y confiaba que por fin se sumarían para lograr la victoria en la guerra.

La esperanza de Mónica duró poco. En los minutos que tardaron en llegar al Centro de Nueva Esperanza, Isabel había construido una muralla de defensa para combatir el sentimiento de que ella había sido forzada a hacer algo en contra de su voluntad.

La forma en que el centro estaba organizado no la ayudó mucho. El centro estaba ubicado en el salón de una iglesia en malas condiciones, localizada al otro lado de la carrilera del tren, en el pueblo de Isabel. Las personas que asistían allí, alcohólicos en recuperación, tampoco la impresionaron.

–Mírelos –dijo ella dándole una mirada al grupo reunido alrededor de la cafetera y entre los cuales estaba Anita–. Esto es verdaderamente deprimente. ¿No es cierto?

–Ellos están aquí para recibir ayuda, al igual que usted –dijo Mónica.

Pero ella sabía que Isabel estaba criticándolos solo para esconder su propio temor y su ansiedad.

Un hombre de mediana edad se acercó a ellas con una gran sonrisa.

–¡Hola! –las saludó él–. Comenzaremos muy pronto. ¿Por qué no se sientan?

–Gracias –le contestó Mónica.

–Por lo menos me pareció muy amable –le dijo en secreto Mónica a Isabel, una vez que él se fue.

–Me recuerda mucho el jardín de infantes –dijo Isabel–. ¿Entiende lo que quiero decir? –ella recorrió el salón con una mirada–. Demasiadas sonrisas infantiles es lo que yo creo.

Ella metió su mano en el bolso y sacó una elegante cajetilla de cigarrillos dorada y un encendedor. Puso un cigarrillo en su boca y lo prendió.

Súbitamente una mujer, con una gran sonrisa parecida a la del hombre que las había saludado antes llegó a su lado. Su mensaje no era tan amable como el del hombre.

–Lo siento –dijo ella–, esta reunión es para personas que no fuman. Lo siento, pero tiene que apagar el cigarrillo.

Isabel la miró severamente.

–¿Está bromeando? –dijo con voz fría.

–Hay reuniones para fumadores –dijo la mujer–. Las encontrará en el directorio telefónico. Voy a conseguirle uno.

Isabel la vio alejarse.

–¡Fascista! –le dijo ella en tono desafiante.

–¡Isabel, por favor! –dijo Mónica–. Por favor, trate de entender la situación. Tómelo con calma.

Pero ella no estaba con el genio para que Mónica la calmara.

-No me diga: "Isabel, por favor" -replicó ella-. ¿Se da cuenta de lo que está pasando aquí?

Isabel ondeó el cigarrillo dejando un arco de humo en el aire.

-Son cosas como estas por las que no quería relacionarme con un grupo así. En estos grupos quieren dictar cada detalle de su vida para tratar de lograr que usted esté bien. Pues bien, yo digo: ¡olvídense!

Ella exhaló una bocanada de humo y luego giró en sus tacones y se dirigió hacia la puerta tan rápido como pudo.

Anita la alcanzó a detener antes de que llegara a la salida.

-Isabel -le dijo-, me alegra mucho que haya venido hoy. Sé que necesitó de mucho valor para hacerlo.

Isabel se volvió y miró a Anita mientras sostenía su cigarrillo en alto para que todos lo vieran.

-Claro. ¡Miren quién está aquí! -dijo ella-. He pensado mucho en nuestra primera reunión.

-Eso está bien -dijo Anita.

-Posiblemente debe escuchar primero lo que he estado pensando antes de felicitarse a sí misma.

El tono de la voz de Isabel se tornó amenazador.

-Hay algo que realmente quiero decirle si está bien con usted.

-Claro que está bien... -respondió Anita con inseguridad.

-Si vuelve a venir a mi casa alguna vez... Yo personalmente le arrancaré los brazos y los usaré para tocar marimba con usted. ¡¿Cómo se atrevió a poner a mi familia en mí contra!?

Anita había pasado anteriormente por esta misma situación por lo menos una docena de veces, así que permaneció firme y compasiva en su lugar.

–Yo entiendo –dijo ella–, entiendo su ira, Isabel.

Pero las palabras condescendientes de Anita parecieron producir más ira en Isabel.

–Usted no entiende nada –gritó ella–, y si yo la encuentro nuevamente cerca de mí o de mi familia, le pondré una orden judicial de precaución y una demanda por atropello y asalto.

Hubo un incómodo silencio en el salón en ese momento. La gente miraba a Isabel pero a ella no le preocupó eso ya que sabía que tenía que hacer algo para salir de allí dando un pequeño espectáculo.

–Ahora vámonos –le dijo a Mónica–. Ya estoy en forma para tomar un poco de champaña...

Ella se dirigió a la puerta y luego se detuvo. Mónica no la estaba siguiendo.

–Bueno Mónica, ¿va a venir? –preguntó Isabel–, ¿o se va a quedar aquí con estos... atontados?

–Lo siento, Isabel –Mónica meneó su cabeza lentamente y le dio una mirada implorante en la que le rogaba que no se fuera.

–Bueno, me imagino entonces, que usted entiende que está despedida. ¿Verdad? –dijo Isabel mientras fruncía los hombros como si le importara poco.

–Eso creo –contestó Mónica tristemente mientras asentía con la cabeza.

Capítulo nueve

Cuando Isabel dijo que estaba lista para tomarse una copa de champaña, lo dijo porque realmente lo estaba. En camino a su casa se detuvo en la licorería y compró dos botellas grandes de champaña francesa. Gastó más de lo que pensaba gastar pero realmente no le importó. Luego se fue a casa y se preparó para tomárselas. Sin embargo, ella no las destapó tan pronto como llegó a casa. Primero decidió arreglar el ambiente un poco. Buscó una fina copa para champaña en el gabinete y la lavó. Reunió sus cigarrillos, un cenicero limpio y luego se acomodó en el estudio.

La ocasión exigía un poco de música y ella revisó rápidamente su gran colección de discos. Ella evaluó mentalmente los méritos relativos de Bessie Smith, Billie Holiday y Lena Horne y decidió quedarse con Billie Holiday, ya que su voz semejaba el estado de ánimo de Isabel: sombrío y deprimido. Ella estaba triste y la música de Billie Holiday era perfecta para sentir compasión de sí misma.

Ella se acomodó en un sillón, destapó la primera botella de champaña, se sirvió un vaso y tomó un trago mientras la voz melancólica de Billie Holiday se mezclaba con el humo del cigarrillo que estaba suspendido en el aire. Isabel, alimentaba su orgullo herido, pero no controlaba su forma de tomar. La primera botella la acabó rápidamente y sin vacilación, abrió la segunda.

"Yo entiendo su ira Isabel" –repitió despectiva y gangosamente las palabras de Anita.

Esa mujer no sabe nada de mí –pensó Isabel–, *o si sabe algo lo supo por Sara.*

Isabel llenó su vaso con champaña hasta el borde y escuchó a Billie Holiday cantar "Caballero amoroso". Se acordó de su esposo, de quien se había divorciado hacia muchos años y de quien no tenía idea dónde se había ido. Y cuando pensó en la muerte del esposo de Sara, se sintió aún más melancólica.

"Yo le diré por qué bebo –dijo en voz alta en el silencioso salón–. Porque estoy aburrida... –Isabel suspiró a continuación y se esforzó para añadir–: ...y además estoy sola".

Cuando Beatriz cumplió los siete años se ganó la responsabilidad de poder caminar desde la casa hasta la escuela sin supervisión de su mamá. Sara no le había dado mucha importancia a esto, ya que la escuela estaba a solo una cuadra de la casa y sabía que su hija iría de regreso a casa con tres amigas que vivían allí cerca.

Lo que Sara no se había imaginado era que en ese día en particular, Beatriz no se iría con sus amigas sino que tomaría una ruta diferente para ir a casa. Una ruta que la llevaría directamente a la casa de su abuelita. Cuando la pequeña llegó a la casa de Isabel se detuvo frente a la casa, en el sendero, mientras pensaba en lo que debía hacer. Ella no sabía muy bien cuál era el problema entre su mamá y su abuelita, pero sabía que era algo serio.

Después de que Isabel trató de visitar a su nietecita en días pasados, Sara se dio cuenta de que tenía que darle algún tipo de explicación a Beatriz. La pequeña amaba a su abuelita tanto que ella tenía que darle por lo menos una razón del porqué no la podría ver por un tiempo.

Sara hizo todo lo posible para no asustar a la niña. Se sentó con ella en la sala y le acarició el cabello. Beatriz la miró de reojo y observó su cara tranquila y solemne.

–Beatricita, ¿entiendes que tu abuelita tiene muchos problemas ahora?

–Sí –asintió Beatriz con la cabeza.

–Ella está enferma –dijo Sara mientras buscaba vacilante las palabras para explicar el dilema.

–¿Por qué no va al médico? –preguntó Beatriz–. Eso es lo que se debe hacer una persona enferma. ¿Verdad?

–Sí, es lo que ella debe hacer –asintió Sara–. Ese es todo el problema. Ella no va a ir al médico y depende de nosotras que vaya para que se mejore.

–¿Puedes llevarla? –preguntó la pequeña.

–No –dijo Sara mientras negaba con su cabeza–.

Ella tiene que ir por sí misma. Hasta que ella no vaya, no se pondrá bien; y hasta que no vaya por sí misma, nosotros no podemos visitarla.

Eso no significaba nada para la pequeña.

–¿Podemos enfermarnos de lo mismo que tiene ella?

–No, no es eso –sonrió Sara–. Es muy difícil de explicar, pero la vamos a ayudar si *no* la visitamos.

–Pero yo la extraño –dijo Beatriz.

–Las dos la extrañaremos –añadió su madre.

Beatriz le dio vueltas a esta conversación en su mente, mientras miraba la puerta de la casa de Isabel. Ella no era por naturaleza una niña desobediente y no deseaba fallarle a su mamá, pero el simple hecho era que quería ver a su abuela. Por lo tanto, sin más preocupación corrió por las escaleras y tocó en la puerta.

Isabel ya había consumido la mayor parte de la segunda botella de champaña y estaba sintiendo los efectos del alcohol. Pero no estaba tan embriagada como para no escuchar los golpes en la puerta.

"Ya voy" –susurró ella.

Con dificultad puso su vaso sobre la mesa y se levantó de su silla. Con un leve bamboleo, llegó hasta la puerta con el cigarrillo en la mano. Ella no sabía quién podía ser el visitante, pero estaba casi segura de que era Mónica que regresaba a rogarle que le diera nuevamente su trabajo. Sus publicistas no estarían satisfechos si Mónica no tenía el manuscrito en orden y difícilmente podría regresar a la oficina sin él en la mano. Por supuesto que en ese momento a Isabel no le importaban los que se imaginaba serían los problemas de Mónica porque estaba envuelta en sus propios problemas. Sin embargo, se puso muy feliz cuando vio a su nieta parada en la puerta de su casa.

"Hola Beatricita –dijo Isabel a través de una nube de humo de cigarrillo–. Decidiste arriesgarte y cruzar las líneas enemigas. ¿No es cierto?"

Beatriz estiró sus brazos, abrazó a su abuela por la cintura y la apretó contra ella. Isabel sintió un gran flujo de amor materno pero al mismo tiempo la voz de su conciencia. Se sentía muy contenta de que Beatriz hubiera tenido suficiente valor para atreverse a visitarla. Era exactamente lo mismo que *ella* hubiera hecho a la misma edad y en la misma situación, pero también sabía que Beatriz estaba desobedeciendo a su mamá y, con la tendencia de Sara a preocuparse, sabía que tendría que llevar a su nieta a casa antes de que su mamá llamara a la policía.

Isabel invitó a Beatriz a entrar.

–Pasa, pasa... muy bien, tú sabes que debes ir derecho a casa después de la escuela. ¿Verdad? No puedo imaginarme lo preocupada que debe estar tu mamá. Te apuesto que está sufriendo de un ataque al corazón –ella miró a su nieta e hizo lo mejor que pudo para aparentar severidad y desaprobación ante la acción de la pequeña–. También sabes, al igual que yo, que no debes estar aquí.

—Pero yo te extraño —dijo Beatriz simplemente mientras miraba a Isabel con sus grandes y seguros ojos castaños.

El intento de Isabel de parecer severa y estricta se derritió bajo las palabras y la mirada amorosa de Beatriz.

No había defensa contra la pureza y el amor de un niño y Isabel estaba profundamente conmovida. Los efectos de más de una botella y media de champaña, y la compasión que sentía por sí misma, ya la habían hecho estar a punto de llorar. Ella luchó para controlar sus emociones. No fue fácil, pero con dificultad lo logró hacer. Beatriz no se dio cuenta de que algo estaba mal ya que la abuelita casi siempre estaba así.

—Beatricita... Muy bien... Esto es lo que voy a hacer. Las dos haremos un pacto...

—Muy bien —Beatriz sonrió dulcemente.

Isabel caminó por el corredor hacia el centro de la casa. Fue al gabinete, con puerta de vidrio, el cual contenía un gran número de tesoros que había reunido en sus viajes, y abrió la puerta. Sacó el ángel de porcelana que Beatriz tanto amaba.

—¡Ven aquí! Beatriz ¿Ves esto?

—Sí, sí —dijo Beatriz—. Ese es mi ángel.

Isabel asintió con la cabeza y sonrió.

—Sí es verdad —dijo ella enfáticamente—. Es tuyo. Quiero que lo conserves.

—¿De veras? —preguntó Beatricita—. ¿Mío? ¿Para llevarlo a casa?

—Es tu favorito, ¿no es cierto? —preguntó Isabel.

—Sí, sí —dijo Beatriz, mientras afirmaba con la cabeza.

–¡Muy bien! Entonces te lo puedes llevar a casa –replicó Isabel.

A pesar del embotamiento causado por el alcohol, Isabel sabía que tenía que hacer algo para llevar a Beatriz a casa antes de que Sara se enloqueciera.

Ella fue lo bastante inteligente para darse cuenta de que no estaba en condición de manejar y llevar a Beatriz a su casa. Una multa por manejar bajo la influencia del alcohol era la última cosa que necesitaba. Por lo tanto, le pareció inevitable tener que llamar a su hija, lo cual era algo que había prometido nunca más hacer. Ella suspiró profundamente. No quería hacerlo. De repente se sintió terriblemente cansada.

–Amor mío, lleva tu angelito –dijo Isabel–. En seguida voy a llamar a tu mamá por teléfono... y podrás irte a casa con ella. ¿Te parece bien?

–¡Gracias! –dijo Beatriz–. ¿Arreglarás todo de modo que mi mamá no esté enojada conmigo por venir aquí?

–No te preocupes. Créeme, tú no eres la persona con la cual tu mamá se va a enojar. ¡Lo sé! ¡Seguro! –Isabel sonrió un poco y le guiñó a la pequeña con su pesado párpado.

Ella abrió las puertas corredizas que conducían a la biblioteca.

–Muy bien, ¿porque no vienes para acá? y... –por un momento la mente de Isabel se quedó en blanco–, ...ven aquí y miras las noticias en el televisor.

Beatriz hizo una sonrisa fingida. Las noticias de la noche no estaban en la lista de *"cosas para mirar"* de una niña de siete años.

–Abuela, ¿tengo que mirar las noticias?

–Claro, debes hacerlo –replicó Isabel–. Tú no querrás crecer y ser otro ciudadano ignorante. ¿No es verdad?

–¡No! ¡no! –meneó su cabeza la niña.

–Muy bien –dijo Isabel guiándola al cuarto–. ¡Ven!

Ella sentó a su nieta en un gran sillón frente al televisor y lo prendió.

–Solo que no pongas demasiado alto el volumen. ¿Te parece bien? Yo tengo un terrible dolor de cabeza.

Isabel cerró las puertas corredizas del estudio y caminó por la casa fumando su cigarrillo. Ella sabía que tenía que llamar a Sara inmediatamente, pero no estaba preparada para enfrentar la actitud de *más santa que tú* de su hija que tanto la desesperaba.

Se sentó en el sofá de la sala, se recostó hacia atrás y descansó su cuello en el borde superior del mismo. Su cabeza estaba dando vueltas y su boca estaba seca. Había tomado demasiado alcohol en muy poco tiempo. Sentada allí en el sofá, Isabel no quedó dormida sino que perdió el conocimiento.

Un momento o dos después de quedar inconsciente, el cigarrillo que tenía en su mano derecha se le cayó de los dedos sobre un grupo de periódicos de ese día que estaban esparcidos a sus pies sobre el piso. El cigarrillo rodó unas pulgadas antes de detenerse en un doblez del periódico.

Le tomó solamente unos pocos segundos a las páginas del periódico para empezar a echar humo, muy pronto apareció el color rojizo de las llamas, las cuales eran pequeñas al principio, pero que crecían rápidamente. No pasó mucho tiempo antes de que el fuego consumiera las hojas de periódicos y se esparciera a través de la alfombra hasta las cortinas de la ventana y luego avanzara hacia el techo.

Beatriz estaba haciendo lo que se le había dicho que hiciera. Ella miraba las noticias locales obedientemente e intentaba entender algo en lo que el alcalde parecía creer de corazón llamado "Emisión de bonos". Ella no tenía la menor idea de lo que estaban hablando así como no tenía idea de que su vida estaba en un peligro terrible. Pasarían unos pocos minutos más antes de que el fuego fuera de un lado de la casa al otro y llegara hasta las puertas corredizas del estudio.

El humo era lo bastante fuerte para sofocar a Isabel en su estupor; para matarla antes de que tuviera la oportunidad de despertarse. Si había una bendición en medio de esta catástrofe, era que el incendio había producido rápidamente mucho calor y fue precisamente el calor en la cara de Isabel lo que la hizo recobrar el sentido. La mezcla del humo y los efectos del alcohol la debilitaron y la desorientaron. Ella había olvidado completamente que Beatriz había venido a visitarla y que aún estaba en el otro cuarto mirando obedientemente las noticias de la noche.

El humo al llenar sus pulmones era violento y doloroso y le hacía sentir en el pecho algo que se le clavaba en sus pulmones como agujas calientes. Cuando Isabel se reanimó se dio cuenta de que le costaba trabajo respirar y que tosía muy fuerte. Sus oídos le zumbaban con los chasquidos del fuego y a ella no le importaba nada más excepto su necesidad de aire.

Ella se tambaleó a través de la sala y encontró el camino más por instinto y su borrosa memoria que por otra cosa. De alguna manera llegó al corredor sin desmayarse por el humo que había inhalado o por la posibilidad real de haber sido atrapada en una red de fuego. Abrió la puerta del frente de par en par y el aire fresco la golpeó como un balde de agua fría. Trastrabilló a lo largo del portal y cayó por la puerta de malla que protegía la casa de los mosquitos y quedó encima del prado que había al frente de la casa. Luego perdió el conocimiento. Ella no oyó ni las sirenas ni los gritos de su propia nieta que pedía auxilio.

Casi al mismo tiempo en que el reporte del tiempo apareció en las noticias, Beatriz notó que el humo entraba por debajo de las puertas. Ella brincó de la silla, y corrió hacia las puertas dobles. Estaban muy calientes cuando las tocó y solo pudo ver una línea anaranjada de fuego entre ellas.

"¡Abuelita! ¡abuelita! –gritó la niña–. ¡Ayúdame, abuelita! ¡Por favor! ¡Ayúdame!"

Había lágrimas en sus ojos y el humo la estaba haciendo toser. Ella golpeó fuertemente la puerta, pero el calor quemó sus pequeñas manos. Respiró todo el aire que pudo y trató de gritar una vez más.

"¡Abuelita! ¡abuelita! ¡abuelita! ¡abuelita! ¡Por favor! ¡Ayúdame!"

Pero la abuela no vino. Beatriz miró alrededor del cuarto, pero no podía ver por el espeso humo. Cayó de rodillas y gateó bajo una mesa. Mientras su pequeño cuerpo se convulsionaba por la tos, ella se doblaba en posición fetal. El último pensamiento que tuvo antes de perder el conocimiento fue sorprendente: *Por qué mi abuelita no ha venido a salvarme.*

Mónica no oyó los gritos de Beatriz que pedía ayuda. Los sintió muy dentro de sí. Era el sentimiento doloroso de que un pequeño estaba en grave peligro. Beatriz estaba cerca de la muerte pero Mónica sabía, por revelación del Padre celestial, que no era el momento para que la niña se fuera al cielo. Una cosa tenía que hacer Mónica con toda seguridad: salvar a la pequeña.

Cuando Mónica apareció al frente de la casa de Isabel, el edificio estaba casi totalmente cubierto en llamas. Isabel estaba tirada en el prado. Mónica la miró pero sabía que ella estaría bien. Era Beatriz el centro de su atención.

Sin ninguna duda Mónica caminó hacia la casa en llamas. Las llamas la rodeaban pero el calor no tenía efecto sobre ella.

Ella encontró a Beatriz inconsciente en su escondite, con el fuego acercándose rápidamente hacia ella. Su respiración era lenta y trabajosa, sus ojos parecían moverse hacia la parte de atrás de su cabeza, su cuerpo reposó sin moverse en los brazos de Mónica cuando ella la levantó.

Mónica se puso de pie con la pequeña en sus brazos. En los pocos segundos que le había tomado llegar al edificio y encontrar a Beatriz, el fuego había doblado su intensidad. Más allá de las puertas corredizas del estudio, podía ver que el corredor central se había transformado en un infierno, un remolino de llamas ardientes, que les causarían serios daños si trataban de pasar a través de ellas.

Pero Mónica sabía que hacer. Ella levantó su rostro hacia el techo ennegrecido del cuarto lleno de humo, parecía como si pudiese ver a través del techo la clara y estrellada noche que era el techo de los cielos sobre la tierra. Mónica oró a Dios el Padre celestial y le pidió dirección y protección para la pequeña en sus brazos. Las llamas ardieron por un momento más, luego cedieron y abrieron paso desde el estudio hasta la puerta de enfrente en la misma forma como Dios abrió el Mar Rojo. Mónica sonrió y le agradeció al Eterno, y de todo corazón elevó una oración de gratitud a Dios.

Luego empezó a caminar a lo largo del pasaje que Dios había hecho, caminando por entre las llamas sin dudar ni siquiera un momento. El calor del fuego le golpeó la cara como el viento, pero ni siquiera una simple llama llegó a tocar un pelo de su cabeza o de la Beatriz. Con la ayuda de Dios, Mónica llevó su preciosa carga a un lugar seguro en el fresco aire de la noche.

Una multitud se había reunido en la esquina de la calle. Los vecinos miraban como el fuego aparecía en el techo de la casa de Isabel. Hubo exclamaciones de asombro de parte de algunos de ellos cuando Mónica salió de la casa en llamas.

Cinco camiones de bomberos y ambulancias llegaron al frente de la casa cuando Mónica salía de entre las llamas. El primer escuadrón de bomberos que se acercó a la casa la vio salir de la estructura engolfada por las llamas, sin ninguna lesión y se quedaron totalmente sorprendidos.

–Señorita, ¿de dónde viene usted? –le preguntó un bombero. Él *pensó* que la había visto salir de entre las llamas.

–De allá –dijo Mónica–. Creo que esta pequeña está muy mal herida. Su nombre es Beatriz.

Ella le entregó la pequeña a un miembro del personal de emergencia que había llegado corriendo con un estetoscopio y un equipo de oxígeno. Mónica inmediatamente reconoció el técnico como Andrew, el ángel de la muerte. Él asintió con su cabeza brevemente, luego enfocó toda su atención en la frágil niña pequeña que estaba recostada frente a él. Mónica, confiada en que Beatriz estaba recibiendo el mejor cuidado disponible, empezó a alejarse.

–¡Deténgase! –gritó uno de los bomberos–. ¡Señorita! ¡Usted también necesita ser examinada!

–No hay necesidad –dijo Mónica–, no me he lastimado. La pequeña es la que necesita ayuda, lo mismo que su abuela que está allá.

El bombero miró a Isabel, quien permanecía en el mismo sitio del prado.

–Por favor, no se preocupe por mí –dijo Mónica y luego pareció como si se hubiese desvanecido en la noche.

Dentro de la casa, las páginas del manuscrito de las memorias de Isabel chasqueaban y se quemaban. Había páginas flotando en las corrientes de aire caliente que luego se enrollaban y se volvían ceniza.

Capítulo diez

Isabel no tenía la menor idea de cómo había llegado al hospital o por qué estaba allí. Lo único que recordaba era que escuchaba a Billie Holiday y tomaba champaña, mientras que pensaba en... Bueno, realmente no se acordaba de lo que ella estaba pensando... Pero había habido un montón de humo y de calor. Además de esto no recordaba nada. No se acordaba de la inesperada visita de Beatriz, de haberse sentado en el sofá de la sala; ni siquiera se acordaba de haber perdido el conocimiento. Ella no tenía la menor idea que lo que había causado el fuego había sido su propio cigarrillo. Por lo que Isabel sabía, era que posiblemente había ocurrido un corto circuito en alguna parte de la casa, una válvula de gas defectuosa, o quizás que la casa había sido golpeada por un rayo.

Isabel todavía estaba mareada por todo el humo que había inhalado y estaba un poco borracha por la champaña, pero estaba segura de una cosa: ella odiaba los hospitales y a los médicos y quería irse a su casa lo antes posible.

La médico que estaba de turno en emergencias había auscultado su corazón y sus pulmones, le había dado a sus senos paranasales un desagradable pero benéfico baño con solución salina y la tenía en una camilla recuperándose en uno de los cubículos separados por una cortina.

—Descanse aquí tranquila por un momento —le había dicho la médico—. La examinaré nuevamente en un rato.

—Muy bien —dijo Isabel, recostada de espaldas en las delgadas almohadas—, lo que usted diga —decir mentiras era fácil para ella.

Tan pronto como la médico salió del cubículo, Isabel meció sus piernas en la camilla y se sentó derecha. Su cabeza daba vueltas mientras tosía fuertemente y casi se recuesta de nuevo, pero estaba determinada a irse de ese lugar. Ella sabía que estaría perfectamente bien si descansaba uno o dos minutos más.

Todavía estaba sentada en el borde de la camilla buscando con la mirada sus zapatos en el cuarto cuando la doctora regresó. Ella no esperaba encontrar a su paciente sentada y mirando alrededor como si estuviera lista para escaparse.

—Bueno, bueno, bueno —dijo ella—, no tan rápido, señora Jessup. ¿A dónde cree usted que va a ir?

—A casa —dijo Isabel.

—No estoy muy segura de lo que ha quedado de su casa —dijo la médico—. Ya que, según entiendo por el informe de los bomberos, el daño ha sido grande. Sé que está preocupada por su casa y que quiere verla, pero si yo estuviera en su lugar, no iría a casa esta noche. Debo informarle que eso sería un gran error.

Isabel Jessup miró con frialdad a la médico.

–Si no puedo ir a casa –dijo ella–, me iré a cualquier otra parte. El asunto es que no quiero estar en este lugar un minuto más. ¿Me entiende? Definitivamente me voy a ir de aquí. ¡Ahora!

Ella trató de bajarse de la cama, pero se tambaleó peligrosamente.

–Mire –dijo la médico–, usted inhaló un poco de humo. No es serio, pero es lo bastante fuerte para que le recomiende que pase la noche aquí.

–No estoy interesada en sus recomendaciones –dijo Isabel con palabras entrecortadas–. Ya le dije que quiero irme de este lugar en este momento. No quiero pasar un minuto más aquí. ¿Por qué no entiende esto?

La médico hizo lo mejor que pudo para tratar de hacer entender a la testaruda mujer.

–Señora Jessup –dijo–. Usted ha sufrido una lesión considerable en su sistema cardiovascular esta noche. No debe dejar el cuarto de emergencias en estas condiciones.

–Pero usted dijo que no era nada serio. Buenas noches... –replicó Isabel.

Isabel se dio mañas para bajarse de la cama en esta oportunidad.

–Y si no me dice dónde están mis zapatos, estoy lista para irme de aquí descalza.

-Están en el gabinete que hay debajo de su cama -respondió la médico rápidamente-. Le dije que no era serio, pero usted tiene un trauma cardiopulmonar. Una noche de observación de su condición cambiaría las cosas. Se sentirá mucho mejor en la mañana si pasa la noche aquí.

Isabel sacó sus zapatos del gabinete y se los puso.

-Oh -dijo Isabel casi riéndose de la médico-, tengo algunos problemas y créame este no es uno de ellos.

Isabel se puso de pie y enderezó sus hombros lo mejor que pudo. Parecía como si tuviera algo importante que decir, como si ella fuera a dar un discurso apropiado.

-Muy bien, en primer lugar no tengo la menor idea de cómo llegué aquí, pero puedo decirle cómo me voy a ir... -ella señaló la puerta-. Voy a pasar derecho por esa puerta, y voy hacerlo en este preciso momento. Gracias por su tiempo y esfuerzo, pero déjeme decirle que yo no valgo la pena.

Ella comenzó a dirigirse hacia la puerta.

-Mire -le dijo la médico desesperada en tratar de hacer que se quedara-, solo quédese esta noche, solo para observación. Señora Jessup, no le va a hacer daño y sí le puede hacer mucho bien.

-¿Quiere observarme? -sonrió Isabel. Ella se volvió y extendió sus brazos-. Por lo tanto observe, déme una buena mirada -ella se detuvo por un momento-. Ahora, obsérveme diciendo adiós.

Isabel salió del cubículo, dejando a la médico sin palabras.

Isabel hubiese muerto antes que admitirlo, pero estaba absolutamente encantada de ver a Sara. Su hija estaba caminando en círculos, nerviosamente en el cuarto de espera, tenía la cara pálida y su boca apretada formando una línea tenue en su rostro. Ella salió de su casa rápidamente vestida con unos pantalones viejos y una camiseta, además llevaba su pelo negro sin peinar. Sabía que se veía terrible, pero a ella de todas formas no le importaba su apariencia personal en ese momento.

Cuando ella vio a su madre que salía dando tumbos por el corredor, se detuvo, cruzó los brazos al frente y la miró fijamente. No parecía feliz de verla, pero Isabel no notó la mirada fría de Sara.

—De manera que sí le importó a pesar de todo —dijo Isabel con una sonrisa opacada—, sabía que yo sí le importaba, aunque fuese muy adentro.

Sara no se movió un milímetro.

—Me imagino que debería haber sabido que usted sería la que saldría caminando de este lugar por sus propios medios. Así es usted.

Por un momento, Isabel pensó que ella estaba recibiendo un cumplido de su hija.

—Soy una sobreviviente, Sara —dijo ella—. Usted también pudo haber sido una si me hubiera permitido enseñarle cómo. Siempre hay una posibilidad para salir con vida —ella le sonrió a su hija nuevamente—. Pero ya he sobrevivido todo lo que tenía planeado para esta noche. Sara, sea buenita y lléveme a casa. No tengo idea de cómo llegué aquí.

Sara meneó su cabeza lentamente y sus ojos se hicieron pequeños.

–Debí haberlo sabido. Estaba borracha. Nada de esto hubiera pasado si usted hubiera estado sobria.

Isabel cerró sus ojos y se dio un masaje en sus sienes.

–Por favor, no necesito consejos en este momento. Estuvo muy bien de su parte el haber estado interesada y fue muy bueno que hubiera venido. Gracias –ella se tambaleó un poco–. Ahora, le ruego, ¿me puede llevar a la casa?

Isabel, por supuesto no lo admitiría, pero hubiera matado por un vaso grande de su té especial. Esperaba que la mayor parte de su casa aún estuviera en buen estado, porque dudaba mucho que Sara, dado su temperamento y su campaña contra el alcoholismo, se detuviera en una licorería en camino a su casa y mucho menos que le prestara el dinero para comprar una botella de licor.

Las palabras de Sara fueron tan frías y tan cortantes como cuchillas de afeitar.

–No puedo creerlo –dijo ella–. Ni siquiera de usted. Pensé que por lo menos tendría algo de conciencia respecto a lo que ha pasado esta noche.

Isabel le dio a su hija una mirada inquisidora.

–¿Tener conciencia de qué? Fue mi casa la que se quemó esta noche. Ese es mi problema y yo me haré cargo de él para solucionarlo. Yo no me atreveré a involucrarme en su pequeño, precioso y seguro mundo.

Sara miró a su madre, sin entender muy bien lo que estaba pasando en ese momento.

–¡No tiene idea de lo que ha pasado! ¿No es verdad? ¡Usted estaba completamente borracha y ha olvidado! ¿No es así?

Isabel podía estar borracha y medio sofocada con su ropa tiznada y manchada con el césped, pero no iba a permitir que su hija le hablara de esa manera tan irrespetuosa.

–Sara, ¡usted no debe dirigirse a mí en ese tono!

Esta vez fue Sara la que difícilmente se pudo contener. Quería gritar histéricamente a su madre, quería atacarla y golpearla, para que de ese modo Isabel sufriera en la misma forma en que ella sufría en ese preciso momento. Fue con el esfuerzo de cada una de las fibras de su ser que Sara pudo contenerse a sí misma y contener su ardiente ira.

–¿Nadie le ha dicho lo que ha pasado esta noche? –ella agitó sus manos–. No puedo creer que no tenga la menor idea de lo que ha pasado. ¿Cree que esto es solo acerca de usted y de su casa?

–Bueno –murmuró Isabel–, hubo un incendio. No sé cómo comenzó todo... pudo haber sido el sistema de calefacción o un fusible. Pudo haber sido el calentador. Pudo haber sido... –ella se detuvo, su mente estaba totalmente confundida–. Se acuerda del año pasado cuando hicieron algunos trabajos en el calentador, nunca los hicieron bien, usted lo sabe muy bien. Creo que les pondré una demanda...

–Usted no sabe –interrumpió Sara–, porque estaba borracha. Un vecino vio que alguien sacó a Beatriz en el momento oportuno, y ¿sabe qué?: esa persona no fue usted, ya que había perdido el conocimiento afuera en el jardín –Sara sonrió con sarcasmo–. ¿Es usted una sobreviviente? Puede estar segura de eso, mamá. *Usted* salió de esa casa pero dejó a mi niña para que muriera dentro de ella.

Las palabras golpearon a Isabel como un puño en el estómago y por primera vez casi se cae, pero no por el efecto de la bebida. Ella respiró profundamente y miró a su hija.

–¿Beatriz? ¿Beatricita estaba allí? ¿En la casa?

Ella no recordaba que su nieta estaba en la casa. Por mucho que ella se esforzó en recordar a su nieta en la casa, no pudo acordarse de ese hecho. Estaba muy temerosa de hacer la siguiente pregunta, pero de todas formas tenía que hacerla.

–¿Está ella...? ¿Está Beatricita bien? –preguntó con voz temblorosa.

–¡No! –contestó inmediatamente Sara–. ¡No, ella no está bien! Está inconsciente. Inhaló mucho humo. Ella... ella... ella no está respondiendo a ningún sonido o estímulo. Nadie sabe si saldrá con vida, o si estará bien cuando salga de este hospital. Ese humo tan espeso como el que había en la casa corta la cantidad de oxígeno que llega al cerebro. Pudo haber sido tóxico.

–¡Oh, Dios! –murmuró Isabel.

Ella sintió un nudo en el estómago. Esta vez Sara estaba en lo correcto, toda la catástrofe era culpa solamente de ella y de su alcoholismo. No había forma de escapar de esta conclusión y para Isabel esta conclusión era un pensamiento liberador, literalmente, porque la puso sobria. En un instante su cabeza se

aclaró y pudo ver las cosas con un nuevo e inespera-
do sentido de claridad.

Ella miró en dirección a su hija con sus brazos
abiertos.

–Sara, lo siento tanto. Yo...

Sara se apartó de ella.

–¡No! ¡no! ¡no! –gritó ella–. De ahora en adelante
déjenos solas.

Luego, antes de que Isabel pudiera pronunciar una
palabra más, su hija se alejó rápidamente por el corredor del hospital sin mirar hacia atrás... determinada
a alejarse de la vida de Isabel de una vez por todas.

Capítulo once

La siguiente hora fue de intensa agonía para Isabel. Le tocó el turno de caminar de un lado al otro en la sala de espera. Excepto que Isabel no estaba esperando nada. Ella sabía que nadie llegaría para informarle sobre la condición de su nieta, porque en cuanto al hospital concernía ella no era nadie, no tenía parte en la lucha entre la vida y la muerte de su nieta.

Ella había visto una vez morir a una pequeña en Vietnam. Esto había ocurrido mientras visitaba con Brian, su fotógrafo, un hospital de civiles. Ellos pasaron de cama en cama y examinaron cada uno de los cuerpos destrozados, acostados allí como si fueran una exhibición en un museo del sufrimiento. Hasta ese momento, ella y su fotógrafo ya habían visto suficiente muerte en Vietnam. Ellos habían visto norteamericanos muertos, vietnamitas del norte muertos, civiles muertos, y se habían vuelto insensibles. Sabían que tenían que endurecerse al sufrimiento alrededor de ellos, de otra forma sus trabajos los hubiera enloquecidos. Ninguno de los periodistas había querido visitar ese hospital, pero ellos lo estaban haciendo como un favor a una monja que ella conocía, con la esperanza de que al visitar el hospital esto pudiera generar una historia, la cual podría a su vez recaudar algunas donaciones. El hospital carecía de casi todo, excepto de camas y vendajes.

Había una niña que había sido vendada desde la cabeza hasta los pies la cual había sido víctima de un ataque de bombas incendiarias y aunque Isabel estaba tan acostumbrada a la horrible muerte, sintió que su corazón se partía cuando vio a esa pequeña sufriendo durante los últimos momentos de su vida. Ella no pudo quitar los ojos de esa pequeña con su cara llena de cicatrices, retorcida por el dolor en un momento y luego más tarde tranquila y en serena paz. Isabel nunca escribió el artículo. Ella nunca fue capaz de hacerlo. En cambio, escribió un cheque grande e hizo que cada miembro del club de periodismo escribiera uno también. No era una historia que ella planeaba incluir en sus memorias. Ahora ella estaba viviendo esa experiencia nuevamente. Pero esta vez era su propia carne y sangre, su preciosa Beatriz.

Después de un rato, se dio cuenta de que había sentido suficiente lástima por sí misma. Era el momento de ser la Isabel Jessup de los viejos tiempos, la que tomaba responsabilidad, la Isabel que no hacía tonterías. Pero esta vez, iba a hacerlo bien, no iba a maltratar a nadie.

Ella caminó por el corredor en busca de su hija y de su nieta. Las encontró en un cuarto hacia la mitad del corredor. Se asomó a través de la ventana de la puerta de entrada al cuarto y lo que vio hizo que su corazón llorara en agonía.

Beatriz estaba acostada en una cama del hospital, extrañamente inmóvil sobre las sábanas verdes. Sobre su cara tenía amarrada una gran máscara de oxígeno, una pieza del equipo que era tan grande que ocultaba la cara de la pequeña Beatriz desde la quijada hasta las cejas. Su pecho subía y bajaba rítmicamente, pero ese era el único movimiento en el cuarto, excepto los fuelles del tubo de oxigeno. Recostada a un lado de la cama y descansando su cabeza sobre las cobijas se encontraba Sara. Ella también estaba inmóvil, pero sus manos estaban entrelazadas en oración.

"Oh, amor mío" –susurró Isabel mientras las lágrimas brotaban de sus ojos.

Todo lo que ella deseaba en ese momento era entrar rápidamente a ese cuarto y abrazar a sus dos niñas. Quería abrazarlas fuertemente, decirles cuánto las amaba, deseó abrazarlas y nunca más dejarlas ir. Pero ella sabía que no podía hacerlo ya que no era bienvenida en su familia ni en ese momento de extrema crisis y todo esto era por su culpa.

Isabel se alejó de la puerta lentamente y se tambaleó a ciegas, deteniéndose para recostarse contra la pared de color verde cenizo. Ella lloraba ahora fuertemente, derramaba lágrimas por la pequeña Beatriz quien luchaba en ese instante por su vida debido a un descuido de la propia Isabel. Ella lloraba por su hija a quien había herido vez tras vez, pero que a pesar de todo nunca se había rebelado contra ella, hasta ahora.

Curiosamente, la única persona por quién no estaba llorando, por primera vez, era por ella misma.

Sin pensar en esto, como si fuera casi un acto reflejo ante el reconocimiento de la existencia de un Ser Supremo, más poderoso, Isabel puso sus manos juntas en actitud de oración y miró hacia el cielo. Arriba no había nada, solamente el techo del corredor del hospital, pero Isabel deseó ver los cielos.

Ella respiró profundamente y trató de poner sus pensamientos en orden.

Está bien... Está bien... Está bien –su mentón temblaba, pero ella estaba decidida a pronunciar esta oración.

–Dios, si puede escucharme –balbuceó–, esta es Isabel... y... ¡ah! –se detuvo nuevamente, tratando de controlar sus emociones. Luego, las palabras salieron atropelladamente–. Si realmente está ahí, no puedo imaginarme por qué desearía escucharme, pero Kissinger siempre dijo: "No malgaste el tiempo con los intermediarios, vaya directamente al superior".

Luego repentinamente las palabras cesaron. Las lágrimas rodaban por sus mejillas y sentía la garganta seca y con un nudo. No había cosa más difícil para Isabel Jessup que pedir por lo que iba a pedir ahora. Ella siempre había vivido pensando que no necesitaba la ayuda de nadie, que ella podía vivir por sus propias fuerzas, sus propios instintos y su propia fortaleza. Había escondido sus debilidades, pero ahora estaban al descubierto y necesitaba guía y apoyo, necesitaba pedirle a Dios algo que nunca le había pedido a ningún ser humano.

–Por lo tanto... –dijo ella atropellando sus palabras–, yo podría... yo realmente podría valerme de una ayuda aquí...

Mientras ella lloraba y oraba, una enfermera vestida con ropa de cirugía pasó cerca. Ella ni siquiera volteó a mirar a Isabel. La mujer estaba cantando suavemente en una preciosa y sonora voz: "Sublime gracia del Señor –cantaba la enfermera–, que un pecador salvó..."

Por supuesto Isabel no sabía que la enfermera era Tess y que ninguna otra persona en el hospital hubiese podido verla. El mensaje de la canción era exactamente lo que ella necesitaba escuchar, y por primera vez en su vida, tocó una fibra en lo profundo de su corazón.

Cuando Isabel escuchó esa voz, le pareció que pasaba a través de ella como un viento recio el cual le dio la suficiente fortaleza para considerar qué hacer a continuación. Se secó sus ojos y caminó hacia la estación de enfermeras, donde dos mujeres estaban trabajando.

Una de las enfermeras se volvió a ella.

–¿Sí, señora? ¿Puedo ayudarla en algo?

–He oído que cuando una persona está en coma... que puede escuchar lo que está pasando alrededor de ella. ¿Es eso verdad?

La enfermera asintió con la cabeza.

–Algunas veces. No siempre; pero algunas veces. En el pasado he tenido algunos pacientes en esta sala que han respondido a voces, a la música que les es familiar –la enfermera sonrió–. Aun tuvimos una que respondió a las voces de los personajes de una novela de televisión que ella acostumbraba a mirar todos los días.

–Gracias –asintió Isabel.

Ella salió del hospital apresuradamente. Sabía lo que tenía que hacer.

Su casa estaba en ruinas. Había pedazos de muebles quemados, tirados en el jardín, habían roto la mayoría de las ventanas para permitir que el humo y los gases salieran del interior, las vigas del viejo ático de madera habían caído a través del cielo raso y permanecían empapadas en medio de la casa.

Isabel se detuvo detrás de la barrera hecha con la cinta de policía por un momento, mientras observaba la devastación. Hubo un tiempo cuando aquellas cuatro paredes carbonizadas habían resguardado una vida llena de memorias. Los recuerdos de su vida habían perecido principalmente en el incendio, ella podría recuperar algunos de sus papeles y sus libros, pero eso sería más tarde. Esto no era su preocupación en este momento. Pasó por debajo de la cinta que tenía impresa la severa advertencia de no pasar y se abrió paso entre los escombros del armazón del edificio que una vez había sido su hogar.

Los tizones apagados y los vidrios rotos se quebraron bajo sus pies, como una nueva capa de hielo recién formada. Mientras caminaba por lo que quedaba de la casa, era difícil decir exactamente donde se encontraba. Fue como si el fuego hubiese alterado totalmente los planos y maliciosamente hubiera movido los cuartos y los hubiera puesto en lugares donde nunca antes habían estado.

El pánico la invadió por un momento.

¿Qué si el objeto que ella estaba buscando había sido destruido? ¿Aplastado, o derretido o de algún modo destruido por las llamas implacables?

Por fin encontró una señal que la acercaba a lo que estaba buscando. El gabinete de la loza con puertas de vidrio que había estado siempre en el corredor todavía estaba allí, o mejor dicho, lo que quedaba de él. Se había caído durante el fuego y las puertas de vidrio se habían despedazado regando la mayoría de los platos y las colecciones sobre el piso quemado. Muchos se habían despedazado, pero algunas de las cosas, milagrosamente solo se había desportillado o se habían partido. Algunas habían sobrevivido el incendio con una una capa gruesa de hollín que las cubría. Su corazón estaba latiendo aceleradamente. Isabel se puso de rodillas en medio de las cenizas y con sus manos escarbaba entre los fragmentos de porcelana. Se puso más y más agitada entre más y más notaba, que lo que ella buscaba no estaba allí.

Finalmente gruñó.

–¿Dónde está? –dijo en voz alta–. ¿Dónde está el ángel de Beatricita?

Ella cerró sus ojos fuertemente para pensar, intentando recrear aquellos momentos de unas pocas horas antes, la cual reflejaba una vida totalmente diferente antes del fuego. Un destello de memoria le llegó. Le había dado el ángel a Beatriz y ella lo tenía cuando se fue. Isabel hizo un esfuerzo adicional, haciendo trabajar su memoria como un músculo para recordar lo que había pasado entre ellas. De repente, como un rayo blanco en la oscuridad, parte de sus recuerdos llegaron a ella. Ahora recordaba que había enviado a Beatriz a mirar televisión en el estudio.

De un salto, Isabel se puso de pie y miró alrededor del cuarto ennegrecido, confundida por un momento. Ella no podía determinar exactamente donde había estado localizado el estudio. Dio un paso en una dirección para probar suerte, cuando de repente oyó una voz tras ella.

–¿Isabel?

Entonces Mónica salió de entre las sombras. Isabel se dio vuelta sorprendida y se llenó de pánico. Mónica tenía la porcelana de Beatriz en sus manos. Estaba vestida con un vestido blanco, impecable y parecía tener un halo cálido brillando a su alrededor.

–¿Qué...? ¿Qué está haciendo aquí? –su voz estaba llena del más profundo temor.

Mónica le mostró el ángel a ella.

–¿Es esto lo que está buscando, Isabel? –le preguntó ella.

–Yo... –empezó Isabel.

Ella sintió que empezaba a temblar como si de repente estuviera muy frío.

–¿Qué está haciendo aquí, Mónica?

Mónica sonrió con una sonrisa que iluminó los escombros.

–Por favor, Isabel... No tema... Yo soy un ángel.

He sido enviada para estar con usted y lo he estado todo este tiempo. Hay una razón para que viniera.

Los ojos de Isabel se abrieron mucho cuando las pequeñas piezas empezaron a encajar en el rompecabezas, y ella comenzó a entender lo que había pasado y lo que estaba pasando en este momento.

–¡Fue usted! –dijo con asombro–. ¡Usted lo hizo! ¡Usted sacó a Beatricita del fuego!

Mónica asintió con la cabeza.

–Sí –dijo ella suavemente–. ¿Qué más recuerda del fuego?

Isabel miró al piso. Los pisos estaban calcinados y quemados como ampollas en sus pies. Fue entonces cuando la realidad la envolvió como una mortaja fría.

–Mi cigarrillo... –dijo ella con absoluta sorpresa–. Yo lo comencé. Todo fue mi culpa, ¿no es verdad?

Mónica asintió nuevamente.

–Si, usted lo hizo. *Fue su culpa*, Isabel. Al igual que las consecuencias.

Isabel no se pudo esconder más tras su orgullo petulante, su vanagloriosa reputación como periodista; ni pudo esconderse más tras una botella de licor. Todos aquellos días, todas aquellas excusas se evaporaron en un momento. La verdad había sido expuesta, como si una luz se hubiese encendido y todo lo que estaba en sombras hubiese desaparecido.

De repente, Isabel comenzó a llorar. Tenía que esforzarse para respirar en medio de sus sollozos.

–¡Dios mío! –sollozó y luego cayó de rodillas en el piso quemado–. ¡Oh, Dios mío!

Ella miró a Mónica, aunque estaba casi cegada por

sus propias lágrimas. La expresión en la cara de Isabel sugería que estaba esperando un juicio terrible.

–Usted ha sido enviada aquí para castigarme. ¿Verdad? Esa es la razón por la cual está aquí. ¿No es cierto?

Mónica negó con su cabeza y se puso de rodillas en frente a Isabel, su sonrisa hacía brillar todo su ser. Tenía el angelito al frente de ella.

–No, Isabel –dijo ella suavemente–. No... yo he venido a decirle que Dios la ama.

Luego con gran reverencia, puso el ángel en las manos de Isabel.

Isabel lo miró como si hubiese sido el más prestigioso y precioso premio que hubiese ganado en su vida. Luego hizo la pregunta que había querido hacer toda su vida.

–¿Por qué? –preguntó ella–, ¿por qué Dios ama a una persona tan terrible como yo? Las cosas que yo he hecho... Las personas que he herido...

Ella meneó su cabeza mientras se daba cuenta de repente de cómo había malgastado su vida. ¿Cómo podía haber estado tan equivocada por tanto tiempo?

–¿Que por qué Dios la ama a usted? –dijo Mónica–. Porque usted es Isabel, no Isabel la periodista trotamundos, ni la ganadora del premio Pulitzer... o porque usted es la alcohólica perdida. Sino porque usted, ¡es usted!

Mónica extendió su mano a Isabel.

–Dios la ama *a usted*, Isabel –dijo ella–, y la persona que usted es hoy, no es la persona que Dios quiere que sea. Dios tiene una nueva vida para usted que es eterna.

Isabel asintió. Ahora todo estaba empezando a tener sentido para ella. Toda su vida había estado tratando de probarse a sí misma, al club de muchachos y al resto del mundo quién era ella.

–Pero todo lo que ha logrado hacer –continuó Mónica–, es alejarse más y más del precioso amor de Dios que está siempre allí para usted.

Mónica suspiró, ahora había lágrimas en sus ojos. Ella estaba llorando porque la misericordia de Dios era muy grande.

–Y... usted casi pierde la oportunidad.

Las palabras de Mónica golpearon a Isabel muy duro y ella se quebrantó, doblándose sobre sí misma con sollozos que partían el alma.

–Lo siento –finalmente pudo decir entre los sollozos que la ahogaban–. Lo siento...

Su cara casi tocaba el piso y sus lágrimas se mezclaban con las cenizas.

–Dios perdóneme, lo siento mucho... ¿Qué voy a hacer?

Mónica se inclinó y colocó una mano consoladora en la espalda de Isabel.

–Isabel –murmuró ella–. Usted lo acaba de hacer. Usted ya ha pedido perdón a Dios, ahora ponga su fe personal en Él.

Mónica la tomó por los hombros y la sentó derecha, mirándole la cara marcada por las lágrimas. Le sonrió, como si tratara de animarla.

–Ahora –dijo–, anímese. Usted sabe lo que tiene que hacer.

Isabel miró el ángel en sus manos y asintió con la cabeza.

–Sí, lo sé –dijo ella.

Sara se había recostado en la cama del hospital al lado de Beatriz y se había quedado dormida junto a su hija, exhausta por los sucesos del día. Ella pudo dormirse a pesar de los chasquidos de las máquinas que mantenían a su hija con vida. Sara estaba tan profundamente dormida que no oyó a Isabel y a Mónica entrar en el cuarto, ni oyó a su madre cruzar el cuarto para pararse cerca de la cama y darle cuerda a la cajita de música del ángel de porcelana. Isabel lo colocó en la mesita que había junto a la cama, antes de que ella y Mónica salieran del cuarto en silencio. Cuando la puerta se estaba cerrando, las suaves y melodiosas notas de "Sublime gracia" empezaron a sonar al oído de Beatriz:

> *Sublime gracia del Señor*
> *Que un infeliz salvó;*
> *Fui ciego mas hoy veo yo,*
> *Perdido y Él me halló*

Beatriz continuaba en coma, con la máscara de oxígeno amarrada a su cara. Pero cuando la música empezó a llenar el cuarto, Beatriz se movió suavemente y sus párpados empezaron a titilar. Cuando "Sublime gracia" empezó a sonar por la tercera vez, los párpados de Beatriz temblaron nuevamente y luego los abrió totalmente, parpadeando con sorpresa ante lo que estaba viendo. Trató de hablar, pero la máscara le impidió pronunciar palabra alguna.

Sara se levantó repentinamente. "¿Beatriz? ¿Beatricita?" Por un momento ella no se atrevió a tener esperanza, pero era obvio: Su hija había salido del estado de coma y estaba respondiendo a la música familiar.

Sara saltó de la cama.

"¡Enfermera! –gritó–. Enfermera, por favor, venga rápidamente".

Por muchos años, ella llamaría la repentina y sorprendente recuperación de Beatriz un "milagro"; pero siempre tendría en mente que era un milagro de Dios, por medio de su madre...

Capítulo doce

La sesión nocturna en el Centro de Nueva Esperanza ya había comenzado cuando Mónica e Isabel entraron silenciosamente al salón por la puerta de atrás. Ya había allí alrededor de unas cuarenta personas sentadas en las sillas portátiles, algunas de ellas tomando café. Isabel había decidido seguir las reglas cuidadosamente. Como ella le había dicho a Mónica en camino a la reunión: "Si voy a sanarme... De verdad voy a sanarme..."

Anita estaba dirigiendo la reunión, de pie en frente del grupo, pero no estaba hablando al grupo cuando Isabel y Mónica llegaron. En su lugar, un hombre de apariencia profesional estaba de pie dirigiéndose a los demás: "...por lo tanto, solo quiero decir cuánto aprecio el hecho de estar aquí. Después de solamente un mes de asistir ha habido un gran cambio en mi vida y quiero darles las gracias" –se encogió de hombros y sonrió.

"Gracias David" –dijo Anita. Ella dirigió el aplauso mientras que el hombre se dirigía a su puesto.

Mónica e Isabel se detuvieron mucho antes de la última fila de asientos. Isabel tendría que hacer la última parte del viaje sola. Mónica tomó la mano de Isabel, se inclinó y le susurró al oído: "Sé que usted puede hacerlo Isabel –le dijo ella–. Yo sé que Dios le ha dado la fortaleza…"

Isabel no dijo nada, solamente asintió con la cabeza y sonrió. La verdad era que ella no sentía la fortaleza. Nunca había estado tan aterrorizada en toda su vida. Ella dio un gran suspiro y dejó a Mónica en la parte de atrás del salón, mientras que se dirigía a la última hilera de sillas.

Anita la vio cuando ella estaba tomando una silla, pero no dijo nada; ni siquiera hizo un gesto. Era una regla estricta de las reuniones que los miembros no hablaban, ni eran saludados públicamente hasta que estuvieran absolutamente listos para hacerlo. Era la responsabilidad de cada miembro decidir cuándo hablarle al grupo respecto a sus problemas con el alcohol.

–De manera que –preguntó Anita emocionada–, ¿tenemos algunas personas que han venido por primera vez esta noche y que les gustaría presentarse? Todo lo que tienen que decir es su nombre de pila y cualquier otra cosa que ustedes se sientan cómodos en darnos a conocer.

Un joven corpulento, de barba roja, que estaba sentado directamente delante de Isabel levantó su mano y se puso de pie.

–Adelante –dijo Anita.

–Mi nombre es Pedro –comenzó él.

Isabel, quien estaba sentada detrás de él, podía sentir lo nervioso que estaba el joven, lo que se reflejaba en su voz.

–Hola Pedro –contestó todo el grupo.

Pedro tragó saliva con dificultad: "Hola... realmente esta no es mi primera vez en este grupo, es mi segunda vez. La primera vez, yo me senté en la parte de atrás y no dije nada".

Ese fue un muy buen plan de acción, Pedro –pensó Isabel.

Era algo que Isabel también estaba planeando hacer. No era que no estaba comprometida a ser sobria, ya que finalmente lo estaba, sino que quería primeramente entender la mecánica de estas reuniones.

"Yo regresé esta semana... –Pedro se detuvo, como si estuviera inseguro acerca de lo que iba a decir a continuación–. Yo solamente regresé... eso es todo –él se encogió de hombros–. Es todo lo que puedo decir por ahora".

Pedro se sentó repentinamente.

–Gracias Pedro –dijo Anita–. Estamos contentos de que esté aquí. Estamos felices de que haya regresado.

Ella dio una mirada alrededor del salón.

–¿Hay alguna otra persona que haya venido por primera vez? ¿Hay alguien más a quien le gustaría decir algo?

El salón quedo silencioso. Isabel se sentó firmemente agarrada a su asiento, ella no estaba lista para hablar.

–Muy bien –dijo Anita, siguiendo con la reunión–,

pienso que tenemos algunos cumpleaños para celebrar hoy.

En el movimiento de recuperación, las celebraciones de "cumpleaños" eran celebraciones de sobriedad y eran triunfos anhelados por todos y cada uno de los miembros.

–Por lo tanto –dijo Anita–, ¿quién está celebrando un cumpleaños hoy? ¿Quién quiere comenzar?

Isabel no miraba hacia el grupo, sino que miraba hacia abajo, hacia el piso, perdida en profunda meditación. No vio a la joven mujer que se puso de pie y se dirigía hacia el frente del grupo. Pero la oyó cuando habló.

–Hola –dijo ella–, mi nombre es Sara y yo soy una alcohólica.

–Hola Sara –contestó el público presente.

Isabel levantó la mirada y sus ojos se abrieron con sorpresa cuando vio a su propia hija de pie al frente del grupo. Las palabras: "Yo soy una alcohólica", parecían que retumbaban en el aire.

–Hoy he completado exactamente un año de sobriedad –Sara asintió con la cabeza mientras se sonreía.

–¡Muy bien! –alguien gritó y hubo un aplauso largo y entusiasta por parte del grupo. Cuando dejaron de aplaudir, Sara asintió y comenzó a hablar: "Solía decir que yo era una alcohólica porque mi madre no me amaba..."

Isabel sabía que Sara no tenía ni la menor idea de que ella estaba en el salón.

"Pero entendí que no era que mi madre no me amaba –continuó Sara–, nada cambió hasta que admití que yo era una alcohólica porque no me amaba a mí misma... Solía pensar que mi madre era tan complicada... Siempre viajando a los lugares más exóticos... Conociendo a las personas más famosas... Y tomando champaña en vasos de fino cristal en París –Sara se detuvo y meneó su cabeza lentamente–. Yo la amaba. Estaba tan *orgullosa* de ella".

Isabel estaba oyendo todo esto por primera vez. Nunca se había imaginado que su hija se sintiera así. Pero, nuevamente, Isabel había pasado la mayor parte de su atareada vida pensando en sí misma.

"Yo la admiraba... pero siempre supe –continuó Sara– que ella estaba triste de haberme dado a luz. Yo creo... que le corté las alas".

Las palabras sinceras y cándidas de Sara le causaron un dolor agudo a Isabel en el centro mismo de su cuerpo. Era un dolor profundamente enterrado en su alma.

Sara se encogió de hombros.

"Por lo tanto... traté de hacerla feliz de que yo hubiese nacido. Le dibujé cuadros. Yo... le envié cartas mientras ella estaba viajando..."

Sara trató de mantener su voz en calma, pero juntamente con las memorias dolorosas llegaron las lágrimas.

"Traté con mucha dificultad de ser alguien a quien ella pudiera amar... Pero no podía competir con la champaña".

Isabel se sentó inmóvil como un poste, sin atreverse a pestañear. El salón estaba silencioso, la atención de cada persona estaba enfocada en su hija.

"Mientras más traté –continuó Sara–, más me veía

a través de los ojos de mi madre. Pensaba que ella veía en mí a una chiquilla tonta, un poco aburrida, poco interesante y estúpida. Por lo tanto, ¿por qué tenía ella que preocuparse por mí? ¿Quién podría acusarla por querer ir a todos esos viajes tan interesantes en lugar de quedarse en casa conmigo?"

Ella suspiró y se limpió los ojos.

"Y entonces, un día, me estoy sirviendo un trago al atardecer, no estoy todavía borracha pero sé que lo estaré y de pronto mi pequeña viene a la casa. Me mira y sin saber de donde me dice: Mami... estoy tan feliz de que hayas nacido".

Hubo un pequeño dejo en la voz de Sara al mismo tiempo que las lágrimas empezaron a correr nuevamente. Pero esta vez eran lágrimas de gozo.

"Y finalmente... finalmente... por primera vez en mi vida... yo también estaba feliz de haber nacido. Estaba feliz de estar viva, nunca antes me había sentido así".

Una tremenda ola de tristeza recorrió por todo el cuerpo de Isabel, seguida por una ola mucho más grande de amor por su hija. Ella quería tocar a esta pobre mujer, apoyarla en sus brazos, consolarla. Quería hacerla feliz. Isabel, sobrellevada por el amor maternal, no estaba siquiera consciente de que se encontraba de pie mirando a su hija.

Le tomó un momento a Sara para sentir la mirada de su madre. Este era el último lugar en la tierra, literalmente, en que ella esperaba ver a su madre aparecer de repente.

–¿Mamá? –dijo ella, creyendo con dificultad a sus propios ojos–. ¿Qué hace usted aquí?

–Sara –dijo Isabel suave–, estoy tan arrepentida –también había lágrimas en sus ojos–. Estoy *tan* feliz de que hubieras nacido. Por favor, ¡créeme! Es la verdad.

Sara estaba tan conmovida que no podía hablar. Ella asintió con la cabeza y luchó para no llorar.

–Y... ¡Feliz cumpleaños! –dijo Isabel–. ¿Te molestaría dejarme participar de tu cumpleaños?

–¡No! –Sara pudo finalmente decir–. ¡No!

Luego, como si repentinamente se hubiera dado cuenta de que todos los ojos de las personas presentes en el salón estaban enfocados en ella, Isabel paseó su mirada alrededor de las personas allí reunidas. Muchas de ellas también tenían lágrimas brillando en sus rostros. Cada una de las personas que estaban allí había pasado por algún tipo de problema emocional el cual lo había llevado hasta allí para buscar apoyo y recuperación.

Isabel sonrió y lentamente se limpió los ojos. Esta era la conclusión de toda su vida. Todos los problemas y las peleas que había tenido, todas las aventuras y escapadas, los placeres y el dolor, las guerras y los líderes mundiales, los ríos de alcohol que había consumido desde muy temprana edad, la suma de las experiencias de toda su vida se había reunido en este culminante momento de su vida.

Los ojos de Sara estaban brillando... ¿con lágrimas? ¿con orgullo? Posiblemente una combinación de los dos. Isabel se paró derecha. Ella había tocado el fondo y sin embargo, de alguna forma, fue allí donde encontró la fortaleza de la que Mónica le había hablado.

—Mi nombre es Isabel y soy una alcohólica —dijo en un tono de voz claro.

—Hola Isabel —dijo el grupo.

Con mucho cuidado, en la parte posterior del salón, Mónica se puso de pie y salió.

Tess estaba sentada detrás del volante de su hermoso auto rojo convertible, con el motor encendido, cuando Mónica salió del Centro de Nueva Esperanza. Ella podía notar por el brillo y el esplendor en la cara de Mónica que su tarea había sido exitosa.

Mónica se deslizó en el asiento de los pasajeros y dio un gran suspiro de descanso.

—Muy bien, he terminado —dijo ella.

—¿Están tocando alguna marimba en el Centro? —preguntó Tess.

Había una risa maliciosa en su cara mientras hablaba. Mónica meneó su cabeza.

—No, pero hay una música muy hermosa, Tess. ¡Muy hermosa!

—Será un libro de memorias muy interesante el que ella va a escribir —dijo Tess, mientras metía el cambio en el auto. Soltó el freno lentamente y el auto empezó a deslizarse despacio a lo largo de la calle.

—Sí —dijo Mónica mientras asentía con la cabeza—. Pienso que vale la pena esperar el libro.

—Siempre vale la pena esperar —dijo Tess riéndose—. Siempre vale la pena.

TOCADO *por un* ANGEL

EL ESPÍRITU *de* LIBERTAD LUNA

Una novela

MARTHA WILLIAMSON
Productora ejecutiva

JOHN F.
MACARTHUR

LA LIBERTAD Y EL PODER DEL PERDÓN

EL
PODER
DEL
PERDÓN

La Otra Cara Del Amor

GARY CHAPMAN

Lo que
los ángeles
desearían
saber

Alistair Begg

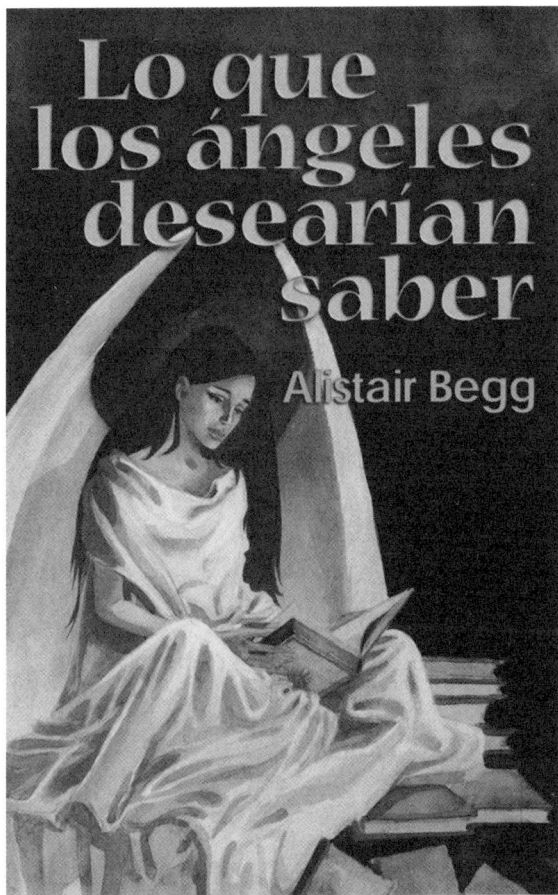

Esperamos que la lectura de este libro haya sido de su agrado. Si desea conocer más acerca de la vida cristiana, existen muchos recursos disponibles, algunos de ellos totalmente gratuitos. Los abajo indicados han sido seleccionados especialmente para usted.

Para recibirlos gratis, marque los que desea y envíe el cupón a la siguiente dirección:

EDITORIAL PORTAVOZ
P.O. Box 2607
Grand Rapids, MI 49501-2607, USA

>>>>> **Envíenme un ejemplar gratis de:**

☐ Catálogo de recursos de RBC

☐ *Nuestro Pan Diario*

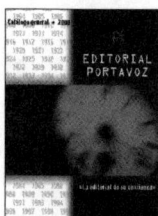

☐ Catálogo de recursos de Portavoz

Nombre: _____

Dirección: _____

Ciudad: _____

Estado y código postal: _____

País: _____

_____

(Escriba en mayúsculas)